化蝶

哲贵 著

浙江文艺出版社
Zhejiang Literature & Art Publishing House

目录

化蝶

/ 1 /

讨论会开始了。

这个会议对剑湫来讲意义非凡，是她的“施政宣言”，也是团长价值的体现。“团长价值”是个比较笼统的概念，没有具体数字和指标。但剑湫不同，她是演员，有演员的出发点和标准，是艺术的，是自我的。简单地说，她当这个团长，就两件事：排新戏和出新人。在剑湫看来，排新戏和出新人是一体的，是相辅相成的——将新戏排出来，成为经典名剧，名剧催生名角。反过来说，也只有名角才能将一个戏经典化——名角身上的光芒可以照亮一个戏，让一个戏起死回生。

还是拿老戏做文章。当然也可以排新戏，新戏有新戏的好处，一张白纸，怎么画都行。但风险也是明显的，新戏缺少积淀，缺少历史感，缺少厚重感，显得浅，显得薄，显得仓促，压不住。排老戏当然也不容易，像《梁山伯与祝英台》这样的经典剧目，经千锤百炼，是千万人的心血结晶，每一个场景，每一个人物，每一句唱词，甚至每一个表情，都已印刻在观众心中，特别是那些老戏迷，心里都有一场自己的戏，改一句都不允许，那是犯上作乱，是欺师灭祖，要跟你拼命的。所以，如果要排老戏，必须出新，不出新就不能“出彩”，不“出彩”就没有表现力和说服力，就是“触犯众怒”，没有好下场的。问题是怎么出新？大家都想出新，都想把老戏排出新花样来，有谁做到了？谁能？

新排《梁山伯与祝英台》，剑湫有自己的想法。按照剧团惯例，先开会讨论剧本改编，这是第一步，也是最关键的一步。剧本“出彩”了，接下来就是演员的事。剑湫不担心“演”的问题。

这天下午，讨论会在剧团会议室举行，参加人员主要是这么几位：杜文灯和梅如烟是剧团顾问，重大的事，要邀请她们参加，她们的资历在那里，威望在那里，艺术修养在那里，舞台经验在那里，她们的意见至关重要；主创人员包括主要演员和编剧，主要演员是剑湫和肖晓红，再加一个编剧。好了，五位“首脑”到齐，可以讨论了。

剑湫是召集人，也是主持人，她先发言。剑湫保留了原剧基本框架，主要做了四处调整：第一，充实了第一场“思读”的内容，目的是突出祝英台的性格，她向往外面的世界，渴望知识，渴望自由，为后面情节的发展埋下“种子”；第二，拿掉“山伯临终”那一场，她不让梁山伯死，在戏里弄死一个人太容易，让他活下去才难；第三，她将“楼台会”和“祝父逼嫁”次序对调，“逼嫁”在前；第四，最后一场“哭坟”拿掉，梁山伯没死，哭什么坟，改成“私奔”，她要让祝英台和梁山伯私奔，剧名就叫《私奔》。

剑湫说，这次改编就一个目的：让这个戏现代起来，让年轻观众走进我们剧场。就这么简单。

有问题吗？当然没问题，戏曲的没落是有目共睹的，让年轻的观众买票走进剧场是所有戏曲从业人员的梦想。多么美好的愿望。

剑湫说完，会议室有很长一段时间的沉默。

最先发言的是杜文灯。杜文灯其实不想先发言，她眼角余光一直注意着梅如烟。梅如烟是演旦角的，演祝英台是她的拿手戏，应该由她先开口。但梅如烟没有开口，手一直扶着脑袋，一副“摇摇欲坠”的样子。杜文灯狠狠地瞪了她一眼，最先“表达自己不成熟的意见”，她说：

“《梁祝》原本是悲剧，这么一改，成了喜剧，年轻观众能不能接受？老观众能不能接受？这个我们要考虑。”

杜文灯提的意见太有道理了，《梁山伯与祝英台》是经典悲剧，已经深入人心，改成喜剧，确实有风险，甚至是冒险。剑湫的“一根筋”体现出来了：

“这就是我要的效果，只有新，才能出其不意，才能险中求胜。如果还是按照老路子排，祝英台还是原来的祝英台，梁山伯还是原来的梁山伯。我要借这次改编，拿出一部不一样的《梁祝》，塑造出不一样的生角和旦角。”

杜文灯有点下不来台了，但她是“老艺术家”，是前辈，不会跟晚辈“一般见识”的，更不会争论，一争论就输了，她只是“微笑”——两个嘴角的肌肉微微往上拉。在很多时候，“微笑”是一种态度，也是一种武器。

在信河街剧团，剑湫演小生，肖晓红演花旦。在舞台上，生和旦是一个戏能够成立的两根柱子，是所有故事生根发芽的种子，也是所有故事生长的主干。可以这么说，生和旦是每出戏的魂魄所在，所有悲欢离合都因他们而产生。他们是《何文秀》里的何文秀和王兰英，《西厢记》里的张生和崔莺莺，《屈原》里的屈原和婵娟，《红楼梦》里的贾宝玉和林黛玉，《梁祝》里的梁山伯和祝英台，等等。在剧团里，生和旦的关系是微妙的，不仅仅在舞台上，在生活中也是。很多时候，对于生和旦来说，特别是对于剑湫和肖晓红这样的演员来说，舞台和生活的界限是模糊的，甚至是混淆在一起的，是说不清道不明的。

大家都转头看肖晓红。剑湫说到这个份儿上，肖晓红的态度就很重要了。可是，让肖晓红怎么回答？老实说，剑湫这么改，她接受不了，不“哭坟”了，不“化蝶”了，最经典的戏没了，还是《梁山伯与祝英台》吗？她知道剑湫说的没错，如果按照老路子演，自己还是自己，祝英台还是祝英台，观众还是老观众，很难说有更加吸引人的地方，只有铤而走险，才有可能出新。可她又不能直接说“我同意剑湫团长的改编方案”，不能说的，她也不愿意说。刚才杜文灯已经说了，她说得很“委婉”，只是问“年轻观众能不能接受?”“老观众能不能接受?”意思很明显了，她是站在“年轻观众”和“老观众”的角度问剑湫。但是，肖晓红也不能说“我不同意剑湫团长的改编方案”，她当然知道剑湫为什么要这么做，她是团长，要出戏，要出人，更要赚钱养活剧团，她需要“政绩”。但无论怎么说，演祝英台的人是她，她是旦角，从某种程度上说，这次改编，是为旦角改的，变化最大的人物是祝英台，对她的挑战也是最大的。作为一个演员，遇到的挑战越大，内心越兴奋，这是无法拒绝的，也不会拒绝，明知前面是悬崖也要扑过去的。所以，肖晓红觉得怎么说都不合适，她用眼睛去看梅如烟，想听听梅如烟的意见。当然，也是转移“目标”。但梅如烟不看她，依然微闭着眼睛，谁也不看，又好像谁都看了。

还是杜文灯发话了，“微笑”着对肖晓红说：

“你是艺术总监，你谈谈感受。”

还有退路吗？有人拿“枪”顶着后脑勺了。肖晓红只能硬着头皮上：

“我觉得，剑湫团长的改编，人物性格发展的逻辑是对的，一开始加强祝英台追求自我、向往自由的性格，她能够女扮男装去杭州读书，为后来的私奔打下很扎实的基础。这么改编是出人意料的，又在情理之中。很讨巧，也很有新意。”

停了一下，肖晓红看了大家一眼，继续说：

“我觉得，杜文灯顾问说的也很有道理。将悲剧变成了喜剧，特别是对经典剧目的改编，确实既要考虑年轻观众的感受，更要考虑老观众的感受。”

肖晓红的发言就到这里了，什么都说了，又什么都没有说。“支持”了剑湫，也“支持”了杜文灯，谁都没得罪。这是她一贯的做事风格，既合情合理，又模棱两可。

接下来是编剧发言，编剧站在杜文灯一边。编剧的心态可以理解，改编剧本是他的事，剑湫将他的事干了，这不是砸他的饭碗吗？当然不干。

这就形成了对峙。如果说肖晓红属于中立的话，杜文灯和编剧形成了一个阵营。这个时候，梅如烟的发言显得尤为重要，她的态度不只是对艺术的讨论，而且是“站队”问题，是“政治立场”问题。

形成这个阵势，有剑湫和肖晓红的原因，但也不完全只是她们的原因。剧团的人都知道，剑湫和肖晓红背后，各站着一个人——杜文灯和梅如烟。

问题复杂化了。就拿谁来当剧团团长这个事讲，按道理，梅如烟肯定希望肖晓红当团长，肖晓红是她徒弟啊，是她一手带出来的。而且，梅如烟也看得出来，肖晓红对团长的位子怀有强烈的兴趣，几乎是跃跃欲试的。或许，正是肖晓红这种态度刺激到了她，让她觉得肖晓红太不矜持了，太急了。还有一个原因，肖晓红并没有来找她。这是件很微妙的事。她想过了，如果肖晓红来找她，表达对团长位子的渴望，她会站在肖晓红这一边吗？会全力支持她吗？梅如烟不知道。但有一点，如果肖晓红这么做，自己会蔑视她。肖晓红没有来，招呼也没打，更不要说商量了，这是什么态度？这是忽视，是目中无人，是根本没把她这个老师当回事。岂有此理。所以，梅如烟在推荐表上，没有打肖晓红的钩。她也没有打剑湫的钩。剑湫是杜文灯的学生，杜文灯已经当了团长，难道还让她的学生接着当？天底下哪有这样的道理？梅如烟谁的钩都没打，她弃权了。

文化局领导找她谈话时，她的话说得很好听：在人事安排方面，我听领导的。领导怎么安排，我都赞成。杜文灯也没有在推荐表上打剑湫的钩。不存在避嫌问题，站在她的角度考虑，剑湫确实不是团长的最佳人选。剑湫是自我的，是活在戏里的人，是按照戏中人物的性格和逻辑来做事的人，更主要的是，她也以这种方式来要求别人。这样的人，是不适合当团长的，当艺术总监也不一定合格。艺术总监也需要与人沟通，需要站在对方的立场考虑问题。杜文灯知道，剑湫在生活中做不到。其实，在杜文灯看来，这不是最重要的。她没有给剑湫打钩，最大的原因在于，她根本没想让剑湫当团长，不可能让她当。在她们这一行，可以毫不夸张地说，徒弟就是老师的天敌，徒弟就是用来取代老师的。多么不合理，多么心酸，多么残忍，多么可怕。还有谁愿意当老师？事实是，对于戏曲这个行当来讲，师承有时比天还大，而且，特别讲究。老师必须收徒弟，名气越大的角，越是要收，不收就是欺师灭祖。

谁都是踩着老师走上来的，这是规律，谁也不能幸免。这个道理，杜文灯懂，她知道剑湫在艺术上胜过自己，在小生这个位置上取代了自己。自己那一页翻过去了，是被剑湫翻过去的，是被自己一手培养起来的徒弟翻过去的，翻得很彻底，剑湫在艺术上走得比自己远，比自己高。问题正在这里，杜文灯内心过不去的地方正在这里。她想，你剑湫已经拥有了艺术，得到了神灵的眷顾，难道还要争团长这个位子？你不能什么好处都要，世上没这么便宜的事。再说了，杜文灯还有一个小心思，如果剑湫当了团长，自己在生活中也将被她取代。杜文灯不愿意。杜文灯也没有给肖晓红打钩。肖晓红是梅如烟的徒弟，梅如烟没有坐上的位子，她的徒弟也不可能坐。文化局领导找她谈话时，她的态度跟梅如烟如出一辙，但表达方式跟梅如烟不同：我是一个即将退下来的人，我的态度不重要，重要的是剧团。推选上来的人要对剧团负责，而且有能力带好剧团。这一点，我完全相信组织，一定能选出好团长。

梅如烟的发言是谁也没有想到的，她“支持”了剑湫。她“醒过来了”，脸上浮现着“微笑”，说：

“我老了，退休了，头昏脑涨，本不该来开会和说胡话。”

她说的这句话，当然指的是自己，可是，在座的人都听得出来，也暗指杜文灯。她接着说：

“我这个顾问只是随便挂个名的，没做任何事，没起任何作用。剧团叫我来参加会议，来点个卯，现在唯一能做的是出个态度。我支持剑湫团长做任何事。我自己做不了事了，不能阻碍剧团做事，更不能在边上指手画脚。”

话说得不能再明白了。杜文灯听完，当即想离席，还想重重摔一下会议室的门。刚才梅如烟一鞭子打在她“要命的地方”了，梅如烟等于直截了当告诉她：这不是你的“地盘”了，你的“历史”已经翻过去，新的“历史”开始了。好或者不好，都属于剑湫，你瞎操什么心呢？杜文灯当然不会中途离席，离席就不是杜文灯了。她当然不会同意梅如烟的话，但也不会直接跟她发生“冲突”，这么多年来，她们已经摸索出一套相处模式，不会当着大家的面“动手动脚”。她们是艺术家，是名角，是信河街名人，这是身份，也是自我要求，要体面，更要优雅。杜文灯脸上也泛出和梅如烟一样的笑容，对着梅如烟，更是对着肖晓红：

“我完全同意梅如烟顾问的话，更不会反对剑湫团长对新戏的改编。对于肖晓红来说，这也是一次全新的尝试，我只是提了一点不成熟的意见而已。”

这是典型的杜文灯方式。她不是一个话多的人，更不是一个会将话说死的人，她是话里有话，是有所指的。

剑湫太了解杜文灯和梅如烟的风格了，两个人刀光剑影“斗”了半辈子，还没有“停战”的意思。有意思吗？当然有意思。剑湫觉得，这种“角力”，差不多成了杜文灯和梅如烟的心理需求和生理需要，是她们的生活方式。如果缺少了对方，缺少了这种“角力”，生活就失去了意义。

不能说这种方式独属于演员群体，剑湫想，其他职业群体也应该有，但是，对于演员来讲，这种方式更为普遍，更为猛烈。她们在舞台上是戏中人，悲欢离合，相爱相杀，这个时候，她们是一体的，是彼此交融的。当她们走下舞台，错觉产生了：舞台上的生活变成了现实，舞台下的生活反倒成了虚拟，两者混淆在一起了。反差出来了，不适应也出来了，必须有一个渠道来发泄这种不适应，必须有一个对立面来呼应这种反差。杜文灯和梅如烟如此，自己和肖晓红何尝不是如此？

剑湫是自信的，也是清醒的。她能够站在舞台中央，能够成为名角，能够成为头牌，首先是遇到了杜文灯老师，得到好的传承。如果一开始就把路走歪了，拐到歪门邪道上，是很难拉回来的。当然也跟她下的苦功分不开，刻苦很重要，但是，作为一个演员，理解更重要，理解是衡量一个好演员和差演员的重要标准，是进入戏曲内部的钥匙。只有学会了理解，演员才能想象，才能飞翔；也只有学会了理解，才能体现出时代气息，才能演绎出与上一代演员不同的品质，才能在舞台上找到自己，才能在角色中融进自己；更主要的是，也只有如此，才可能吸引年轻观众，才可能引起年轻人共鸣，年轻人才愿意走进剧场，戏曲才有未来，作为一个演员，才有更长的艺术生命。

这差不多是剑湫对戏曲的全部理解了。她还没有能力形成系统的理论，她的理解是从感性出发，是从实际出发，是从排练和演出中体会出来的。她这么想，也这么做。剑湫看了看会议室里的人，说：

“那就先排起来吧。”

团长“拍板”了，该说的话说了，该留的余地留了。散会。

/ 2 /

剑湫和肖晓红的竞争波澜不惊，却又暗流汹涌。除了杜文灯和梅如烟，剑湫和肖晓红之间还横亘着一个叫尤家兴的男人。尤家兴是剑湫的戏迷，也是肖晓红的戏迷；他跟剑湫的关系暧昧不清，跟肖晓红的关系也一言难尽。有一点是明确的，尤家兴在追剑湫，追得声势浩大，却又细水长流。

尤家兴追剑湫不是一天两天了。他无法忘记第一次观看剑湫演出时的情景。他以前看杜文灯和梅如烟的《梁山伯与祝英台》，为杜文灯和梅如烟着迷。所谓着迷，就是上瘾，两天没看她们的戏，吃不好，睡不香，脾气暴躁，心不在焉。剑湫的演出是突然而至的，打了尤家兴一个措手不及。

那天是农历冬至的晚上，是家家户户吃汤圆的节日。尤家兴到了剧场才知道，晚上的主演换成了剑湫和肖晓红。对于尤家兴来讲，已经习惯了杜文灯和梅如烟，他熟悉杜文灯和梅如烟的每一个动作、每一句唱词，可以在脑子里反复“放映”，他来看她们演出，目的不在“看”，而是“温习”，是“验证”。从某种程度上说，他“温习”和“验证”的不是杜文灯和梅如烟，而是自己，是他在“表演”，至少是他和舞台上的她们“一起演”。这已经成了他的“日常生活”，成了他“日常生活”中的“程序”。当他知道晚上的演出换了主演后，委屈了，天大的委屈。被杜文灯和梅如烟“抛弃”了，或者说，原有的期待落空了，惆怅了，忧伤了，哀怨了。他对杜文灯和梅如烟是信任的，而对两个新主演是陌生的，是忐忑的；他害怕失望，担心“程序”被打乱，因此，他的委屈是双倍的，无法言说，更无处诉说。怎么办？他不能要求将主演换成杜文灯和梅如烟，怎么演，谁来演，剧团说了算，他是没有选择余地的。

他提心吊胆地等待演出开始，好像是他在等待观众“检阅”。他能感觉到身体的颤抖，能感觉到气息的急促，舞台上的锣鼓声越来越急，他紧张得想逃跑，可他没有动，也不会逃，说白了，他的担心里有期待，可能期待大于担心。还有一种可能，他内心涌动着隐秘的兴奋，跃跃欲试，没头没脑，更是莫名其妙。

首先是肖晓红出场。看见肖晓红扮演的祝英台，尤家兴提着的心慢慢放下了，也可以说，更加紧张了。有点青涩，有点拘谨，眼神、动作、唱腔，都是对的，是灵动的，她扮演的祝英台就是祝英台，她是“入戏”的，也能带领观众“入戏”。这很难得，一个新演员，往往是人戏分离的，往往是不顾观众死活的。意外，也不意外，她一开口，尤家兴听出来了，是另一个梅如烟，是一个刚刚发芽的梅如烟，也是一个具有更大可能的梅如烟，无论是扮相还是唱腔，她都脱胎自梅如烟，她学了梅如烟的优点，也继承了梅如烟的不足。尤家兴能接受，完全能接受。他有点高兴，又有点忧伤，为肖晓红高兴，为梅如烟忧伤。纠结了。但他来不及纠结，他被肖晓红牵引着，被肖晓红扮演的祝英台牵引着，不能自已了。

第二场是“草桥结拜”，梁山伯出场了，剑湫扮演的梁山伯出场了。先是祝英台和丫鬟银心进了草桥亭，然后，舞台上的灯光一转，梁山伯从幕布后转出来，右手拿着纸扇，迈步走到舞台中央。当梁山伯在舞台上站定时，抬着的右手慢慢下压，左手上升到脸颊，偏左侧着的脸转向舞台正面，抬起眼睛来了一个“亮相”。尤家兴坐在舞台正下方的第六排，剧场座位是有坡度的，第六排差不多与舞台持平，他被剑湫的“亮相”吓住了：剑湫在抬眼之际，眼睛一瞪，射出两道金光，一下将剧场照亮了。一个优秀的演员，肯定明白一个道理，不只是“眼睛一瞪”那么简单，那是一个演员内心世界的呈现，是与观众的沟通，甚至是与观众的“角力”。能不能将观众镇住，能不能建立作为一个演员的自信心，

“亮相”是至关重要的。尤家兴不知道其他观众的感受，那两道金光与他眼睛相遇的瞬间，立即照亮他全身。那一刻，他透明了，被控制了，失去了自我，也失去了整个世界。他全身麻痹，恍恍惚惚，飘飘荡荡，不知身在何处，似乎在舞台之下，似乎在舞台之上，又似乎在草桥亭之中，他是梁山伯，是祝英台，是丫鬟银心，是书童四九；他是草桥亭，或者是草桥亭边上的那棵枫树。剑湫站定后，张口唱道：

离故乡，别双亲，
求学上杭州。

这句唱词尤家兴很熟悉，就像熟悉自己的声音。可是，这一刻，他却感到那么陌生，就像聆听自己的声音。尤家兴没想到，剑湫会发出这样的声音。这声音跟杜文灯不同：杜文灯是纯正的生角声音，是低沉的，浑厚的，深情厚谊的；剑湫的声音也低沉，也浑厚，同时又是高亢的，嘹亮的，最主要的是，她充满雄性的声音里有一种无法言说的妩媚，有一种说不出的妖娆，勾人魂魄了，令人心驰神往了。那是一种魔力，是晴天霹雳，是呢喃细语，是宣告，更是叮咛，尤家兴从剑湫声音里感受到了复杂而又纯净的气息。在尤家兴看来，舞台上的剑湫，是雄性的，是醇厚的，是深沉的，是洒脱的。她的嗓音是那么沉着和辽阔，她的眼神是那么温柔与坚定，她的动作是那么优美和潇洒，谁能想到，剑湫是个女儿身？无法想象。尤家兴被剑湫身上这种反差吸引住了，这种反差给了他无穷无尽的想象，这种想象如一股旋风，将他卷裹其中，让他如痴如醉，欲罢不能。完蛋了，剑湫第一次“亮相”，开口唱了第一句，尤家兴就沦陷了。从这一刻开始，他的魂魄被剑湫勾走了，再也回不来了，也不愿意回来了。

从表面看，尤家兴是剑湫的追求者，是剑湫的崇拜者，剑湫也接受他的追求和崇拜。在外人看来，他们是恋人关系，这点是确定的。但是，尤家兴对肖晓红的态度也让人产生遐想，他是不是在追求肖晓红？外人不知道，不过，外人看得出来，尤家兴迷恋舞台上的肖晓红，差不多到了痴迷的程度：凡是肖晓红的演出他都会捧场；凡是肖晓红的戏，他都会唱，连动作都学得惟妙惟肖。这就微妙了，很难说得清了。尤家兴从来没有挑明这种关系，剑湫和肖晓红也没有说，但谁都可以感觉得到，因为尤家兴的出现和存在，三个人构成了另一个舞台，那是属于他们的舞台，演绎的是另一个剧本和另一场戏。这种关系，剑湫和肖晓红是心知肚明的，她们没有任何语言和动作上的表示。不会的，她们是演员，是优秀演员，不会点明的，不会说破的，那是艺术，是美，是力量，是令人神往的；同时，那也是一种动力，一种状态，一种境界。她们无比煎熬，又无比享受。

对于剑湫和肖晓红来说，团长职务的竞争和任命，是她们关系的转折点，也是突破点。在她们之前，杜文灯是团长，梅如烟是艺术总监，她们到年龄了，剧团需要新的领导。职务任命与舞台无关，与艺术无关，是现实和坚硬的，是不能摇摆和无法模糊的，你死我活了，火焰熊熊，要爆炸了，吓人了。

就在这个要紧关口，剧团接到一个任务：参加华东六省一市会演。说是会演，其实是比赛。表面上是各个剧团在比，实际参与竞争的是各个省，比的是戏曲，也是文化，当然也是经济和政治。文化局领导给杜文灯和梅如烟下了死命令：当前第一任务是会演，团长的事以后再说。

杜文灯和梅如烟心里清楚，会演只能依靠剑湫和肖晓红。剧团成立了攻坚小组，杜文灯任组长，梅如烟任副组长，成员包括剑湫和肖晓红。剧目当然是《梁山伯与祝英台》，这一点没有任何不同意见，这不仅是剑湫和肖晓红的保留剧目，也是剧团的保留剧目。进入剧本调整和排练时，剑湫提了建议，主要是两点：第一，将《梁山伯与祝英台》改名为《化蝶》。剑湫的理由很简单，既然要参加会演，就要创新，先从名字开始。名字一改，这个戏的立意和重心调整过来了，更开阔，更有时代意义。第二，由原来的十三场调整为十场，拿掉第三、第六和第十一场，增加“山伯临终”那场的内容，唱词不动，只动旋律，既表现梁山伯临终前的神志模糊，又体现梁山伯对祝英台爱情的坚定。

剑湫的意见合情合理，没理由不按她的方案执行。不过，也没看出什么特别之处。但是，第一次彩排下来，杜文灯就知道，剑湫无论对戏曲的理解和表达都远远超过了她。

肖晓红的表演几乎无可挑剔，但杜文灯看出一处瑕疵，这瑕疵是无法弥补的：“哭坟”那一场，祝英台来拜墓，刚出场，就是一句：“梁——兄——啊——”内行人知道，这是一句高音，是穿云破雾的高音，是异峰突起的高音。只有高入云霄，才能直抵人心，才能令人肝胆俱裂，才能表达祝英台当时的震惊和悲伤。这是呼唤，是信号，是生与死的转折，是祝英台对梁山伯的呼唤，更是祝英台与人间的决裂。这句高音是那么重要，可以这么说，如果没有这句高音，“化蝶”是不成立的，至少缺乏足够的合理性和饱满度。可是，肖晓红的高音上不去，至少不能立即拉上去，很遗憾，太遗憾了，她只能在低音部位酝酿和徘徊，只能迂回着上升。不够的，力量不够，高度不够，穿透力更不够，震撼人心的力量出不来，缺乏摄人魂魄的力量。这是肖晓红嗓音的问题，也是表现力的问题，是致命的，是无可挽回的。

同一个舞台，同一场戏，再看剑湫的表演，在“山伯临终”那一场，还是那个场景，还是那三句唱词：

爹娘啊，儿与她，
生前不能夫妻配，
死后也要成双对。

原来的剧本，三句唱词，梁山伯只唱一遍，那是梁山伯临终前的哀叹，老双亲陪伴床前，白发人送黑发人，气氛萧瑟，草木含泪。梁山伯唱得婉转凄凉，唱得肝肠寸断，唱得石破天惊，“死后也要成双对”，多么悔恨，多么无奈，又是多么斩钉截铁。问题正在这里，对于一般演员来说，唱一遍已经是巨大挑战：梁山伯僵卧病床，身体不能动，只能依靠声音传达那种悲凉，传达那种不甘，表达要和祝英台“在一起”的决心，那是无望的决心，在不可能中寻找可能。这对演员的要求是很高的，既要表现出梁山伯临终时的癫狂，又要表现出他垂死前的清醒和坚决，是很难拿捏的。剑湫要唱三遍，杜文灯是演梁山伯的，她知道，这个难度系数不是乘以三那么简单，而是从一个空间上升到另一个空间，不是量的问题，也不是演员理解和表达的问题。杜文灯以前没想过这个问题，对她来说，这是无解的，她做不到，她无法想象梁山伯如何连唱三遍，更无法想象剑湫会怎么表达。她充满期待，也充满幸灾乐祸的担心。这是剑湫给自己挖的坑，看她怎么跳进去。杜文灯清楚地记得，听剑湫演唱“山伯临终”是在傍晚，是在剧团专门用来排练的小舞台，肖晓红和梅如烟都在。肖晓红在候台，她和梅如烟站在台下。随着音乐响起，幕布拉开，舞台呈现出来了：梁山伯卧在床上，额头上包着一条白色纱巾，双亲陪伴两侧，窗外草木呜咽，梁山伯张口唱道：

爹娘啊，儿与她，

不一样了。剑湫一张口，杜文灯身体一紧，所有汗毛竖了起来。她知道要坏事了，剑湫的声音里并不全是悲伤，恰恰相反，杜文灯听出了隐约的欢乐，听出了向往与期待。那是对生的绝望和对死的希望，交融在一起了。当剑湫唱第二遍“爹娘啊，儿与她”时，杜文灯知道，这是对爹娘唱的，他对不起爹娘，不能服侍双亲，不能给他们送终，他是愧疚的，更是无奈的。那是人间亲情，是天伦之情，是弥漫的，是悠长的，是无法言喻的。谁没有父母？谁对父母没有愧疚之情？人同此心，平淡却动人。杜文灯的眼泪一下涌出来了。丢人了，相当丢人。作为一个演梁山伯起家的小生，不应该哭，不能哭。可是，她哭得那么真心实意，哭得那么彻底放肆。那一刻，她内心是服剑湫的，甚至生出了骄傲——剑湫是我的徒弟，是我一手调教出来的。她知道，剑湫改动的不只是旋律，也不只是戏份，剑湫改动的是她作为一个演员和戏中人物的关系，他们如何成为一体，如何无缝地融合在一起。更主要的是，剑湫改动了戏中人物和观众的关系，她的三次重复，每一次重复都将观众的感情拉升一个浓度和高度，到第三遍，两种感情交融在一起了，纠缠在一起了，那是火，是风，是雷声，更是雨声，那是病人垂危的呻吟，更是婴儿落地的哭声。毁灭了。重生了。杜文灯号啕大哭，而且，她看见，站在她边上的梅如烟哭得更加悲惨，摇摇欲坠了，连候台的肖晓红也将妆哭花了。

剑湫将梁山伯演绎到这个地步，还有什么好说的？

果然，《化蝶》获得了华东六省一市会演一等奖，剑湫拿到了最佳表演奖。

对于剧团，对于信河街文化局来说，这是天大的事。好了，扬眉吐气了。

领导交代的任务完成了，谁来当团长的事又重新摆上议事日程。不过，已经明朗了，《化蝶》得了一等奖，剑湫拿了最佳表演奖，为剧团和信河街赢得了荣誉，为省里争了光，除了她，还能有谁？她来当，名正言顺。

剑湫也是这么想的。

这个时候，梅如烟“站”了出来，她主动找了文化局领导，说了两句话：一、她不否认剑湫为信河街争了光，但是，剑湫也得到了应得的荣誉，她站到领奖台上了，名利双收，光芒万丈。二、她不否认剑湫的戏演得好，剑湫拿奖是对她付出的回报，实至名归。但是，《化蝶》这个戏，不是只有剑湫一个演员，剑湫是鲜花，后面有一大片绿叶衬着呢。

梅如烟一般不主动找领导，她是表演艺术家，艺术上的事，有自身规律，是用艺术手段解决的。她这次找领导，看似站在肖晓红这边，她是肖晓红的老师嘛。但她不这么认为，她是站在“道理”这一边的，不能所有好事让剑湫一个人独占了。凡事得讲道理。

文化局领导找杜文灯谈话了。杜文灯是团长，又是剑湫的老师，让不让剑湫当团长，杜文灯最有发言权。当然，领导也谈了梅如烟的意见，梅如烟的意见在理嘛。杜文灯一听，心里不乐意了。说心里话，剑湫拿了奖，够了，这个团长应该给肖晓红。但是，梅如烟“唱了这么一出”，是什么意思？是针对谁？杜文灯突然改变主意了，她并没有表明自己的意见，只是向领导抛出一个问题：剑湫为咱们省里争得了荣誉，自己也拿了奖，如果将团长让给别人当，会不会有人说我们不重视人才？

虽然只是轻轻一问，却问到领导心里头去了。

是啊，这个“帽子”扣得太大了，这个罪名谁也担当不起。

好了，就剑湫了。肖晓红当艺术总监。启动干部考察程序吧。

想不到的是，剑湫这时主动找了杜文灯。她到杜文灯办公室说：

“团长给肖晓红当吧。”

杜文灯看着剑湫，既感到意外，也不感到意外：

“为什么？”

剑湫说：

“我拿了奖，肖晓红没拿。”

紧接着，她又补充一句：

“肖晓红比我更适合当团长。”

杜文灯一听就生气了，但她不会表现出来，声音更平静，更不带感情色彩：

“谁当团长更合适，是领导考虑的事。有一点我要告诉你，团长不是你和肖晓红的衣服和化妆品，更不是你们之间可以让来让去的小礼物。”

剑湫点点头说：

“这点我知道，我只是表达我的态度。”

杜文灯点点头说：

“你的态度我知道了。当不当团长，你的态度不算，我的态度也不算。”

话是这么说，杜文灯主意已定，这个团长就给剑湫。她越是不想当，就越是要她当。

剑湫和肖晓红是同时考察、同时公示、同时任命的。杜文灯和梅如烟办理了卸任和退休手续，但没有离开剧团，剧团聘请她们当顾问。她们还有任务，要扶新任的团长和艺术总监一程，要帮助团长和艺术总监排新戏，更要推新人。这是剧团的传统。传统是不能随便更改的。

在聘请梅如烟当顾问时，遇到一点麻烦。梅如烟提出来，自己身体不好，最近总是头晕，以为是高血压，去医院检查，没查出具体问题。头昏脑涨，走路跌跌撞撞，自身难保，没能力“顾问”了。肖晓红找她商量，让梅老师再“带她一程”，她没有梅老师“不行”，心里“不踏实”。梅如烟不为所动。新任艺术总监肖晓红束手无策，只能请新任团长剑湫“出马”。在肖晓红的提示下，剑湫自掏腰包，买了一束百合花，由肖晓红带领去梅如烟家“拜访”。梅如烟“态度”相当好，没有“摆架子”，更没有“给脸色”，对新团长的到访表示“衷心的感谢”，对百合花表示由衷的喜欢。她说百合花好，颜色好，干干净净，清清爽爽；香味她也喜欢，清淡的，却又是不屈不挠的，没有侵略性，但无法忽视它的存在。梅老师称赞剑湫“有心”，让她“破费了”。但是，一说到担任顾问，她立即装出头晕欲倒的样子，手扶着脑袋，话也说不出来了。事情僵住了，没有回旋余地了，百合花白送了，传统要被打破了。当然，如果真破了，也不是什么大不了的事。杜文灯老师倒是很爽快地接过剑湫递给她的聘书。当然，剑湫有经验了，也给她送了一束花，不是百合，是康乃馨。杜老师喜欢康乃馨，她以前对剑湫说过，她喜欢康乃馨的浓烈、奔放，康乃馨一点都不扭扭捏捏，多么豁达，多么大气。剑湫谈到梅如烟不接聘书的事，杜文灯老师很果断，几乎是以团长的口吻说道，那不行。沉默了一下，她让剑湫给梅如烟带一句话，是一句唱词，杜老师命令剑湫说，你唱给她听。剑湫不清楚老师为什么让自己给梅如烟唱这句唱词，老师没说，她也没问。她又一次敲开梅如烟的家门，说杜文灯老师让我给您带一句话。梅如烟诧异，但没有问。剑湫不再说什么，打开嗓子唱了起来：

生前不能夫妻配，
死后也要成双对。

梅如烟听完，脸上没有任何表情，默默从剑湫手中接过顾问聘书。

/ 3 /

新戏很快排起来了，这就是剑湫的性格，她是寸步不让的。依然是剑湫和肖晓红搭档，也只能是她们搭档。但是，剑湫发现，她原本最不担心“演”的问题，现在却成了最大的问题。

肖晓红不在状态，很不在状态。她演的还是原来的祝英台，还是悲剧的祝英台。她依然在老路上横冲直撞，“轨道”不对，“跑”死了也是白死。这一点，剑湫原本是应该想到的。她高估肖晓红了。

剑湫的不满意是从第一场开始的，是从根开始的。第一场是“思读”，是祝英台的戏，每一个细节都在展示祝英台的性格，也是她命运的伏笔。经过剑湫改编后，祝英台还是追求知识、向往自由的女性，但她的追求和向往里有了更丰富的内涵，说得直白一点，祝英台女扮男装去杭州城读书，就是一次“私奔行为”，是胆大妄为，是异想天开，是无中生有。在剧团排练厅里，剑湫是这么给肖晓红“讲戏”的：

“在当时的社会环境中，祝员外不可能让祝英台去杭州读书，女扮男装也不行。这是辱没家门的事，是伤风败德的行为。再说，女孩子读书有什么用？那是女子无才便是德的时代，以祝员外的认知，祝英台想在祝家庄读私塾的可能性也不大，祝员外不可能同意她去杭州读书。那么，祝英台只能瞒着祝员外出逃。对于祝英台来说，离家出走当然是天大的事，是离经叛道的，是大逆不道的，她内心肯定纠结，肯定犹豫，肯定彷徨，肯定思前想后，肯定患得患失。但是，祝英台又是决绝的，她向往知识，向往外面的世界，最主要的是，她是个豁得出去的人，她的性格有极其决绝的一面，是个敢想敢做的人，是个奇女子。所以，从一开始就要将祝英台的纠结和决绝表现出来，这是祝英台的‘核’，是她的精神状态，也是她行为的内在动力。这是第一场，也是祝英台性格的确立和生长，有了这一场，基础扎实了，定位准确了，才有后来的私订终身，才有最后的私奔。一切都是顺理成章的。”

照道理说，剑湫不应该说这么多，她凭什么给肖晓红“讲戏”？虽然是她主导改编这个戏，但是，肖晓红是艺术总监，按照分工，“讲戏”是肖晓红的事，即使她是团长，也不能大包大揽，忌讳的。这一点剑湫知道不知道？她当然清楚。可剑湫是这么想的：状态出不来，你是艺术总监又如何？我还是编剧呢，还是导演呢。剑湫焦急，她替肖晓红焦急，张嘴咬下肖晓红身上一块肉的心都有了，但她没有“表达”出来，不能。她们是什么关系？在生活中，她们是朋友，是姐妹，是相互帮扶关系；在工作上，一个是团长，一个是艺术总监，是同事和搭档关系。更主要的是在舞台上，一个是生一个是旦，那就更说不清楚了。是情侣？是夫妻？是冤家？是仇敌？什么都是，又什么都不是。她能对肖晓红有什么态度？什么也不能，只能忍着。其实，剑湫也知道，戏不是“讲”出来的，只能通过一场又一场的表演，只能通过一点一滴的“悟”。别人“讲”，只能提供一个方向，是外力；而“悟”才是内在动力，通过自己摸索出来的，才属于自己，才是结实的，才是独一无二的。剑湫知道，“讲戏”是没用的，“示范”也是没用的，肖晓红只会更加茫然无措。谁也帮不了，只能依靠肖晓红自己左冲右突，只能将肖晓红扔在水深火热之中，只有如此，肖晓红才有可能找到自己的方向，才能走出自己的路，才能演绎出一个全新的祝英台。剑湫心急如焚，表面上只能波澜不惊。

事实确实如此。剑湫说的，肖晓红都懂，她能理解剑湫对祝英台的性格分析，也能接受祝英台的变化，但是，她表达不出来，一抬眼，一举手，一迈步，一张口，以前的祝英台又回来了，不是“回来”，而是从未离去。肖晓红知道剑湫不满意自己的表现，她对自己的表现也不满意。从学戏开始，她一直是自信的，她对理解能力自信，对表现能力也自信；她知道如何分析人物性格，更懂得如何表现人物性格，差不多一点就通。可是，这一次“见鬼”了，卡在最拿手的祝英台身上了——老版的祝英台阴魂不散，新版的祝英台若隐若现，她被吊在半空了，迷茫了，不知何去何从了。进退两难，张口更难，似乎连戏也不会演了。

改变很难，要在熟悉、舒服的环境里作出改变更难。老版的祝英台，已经和她的身体合二为一，成了她的本能，可以这么说，老版的祝英台主宰了她的身体和灵魂，所以，这种改变需要改弦易辙，需要脱胎换骨。这一点，肖晓红当然知道。像她这样的演员，对舞台有自己的认识，对剧中人物有自己的理解，拥有自己的表演风格，更有一大批戏迷追随，她的内心已经建立起一个小宇宙，是坚固的，更是顽固的，很难改变的，连影响都很难。肖晓红更知道，最大的问题不在这里，自己的问题不是新戏和老戏的问题，也不是悲剧和喜剧的问题，甚至不是谁来当剧团团长的问题。到底是什么问题？肖晓红似乎是清楚的，可又似乎不是很清楚，但她知道，这个问题不能跟剑湫谈，不想谈；也不能跟梅如烟和杜文灯谈，无法谈。她想来想去，只有尤家兴。

当然不是找尤家兴谈问题，尤家兴不是用来谈问题的，而是用来解决问题的。她知道尤家兴将工厂的一个旧仓库改造成了木偶陈列室，陈列室中间搭建了一个戏台。她在剧团的排练厅找不到感觉，想换一个“不一样”的环境试试。她突发奇想了，要找尤家兴演戏。

尤家兴当然是仗义的，是有求必应的，二话没说，立即带她去陈列室。

一进陈列室，不一样了，四周密布的木偶活起来了，手舞足蹈，挤眉弄眼，神态各异地从橱柜里跳出来，排山倒海地向肖晓红拥来。陈列室沸腾了。她听到锣鼓声响起来，听到所有木偶的演唱声，那些声音汇聚在一起，又各自散去，既遥远又亲近，既庞杂又清晰。肖晓红对那些木偶不陌生，对他们的演唱更是熟悉，那是她置身其间的世界，也是她心醉神迷的舞台。肖晓红再看中间变得缥缈的戏台，身体发热了，发软了，轻盈了，飘荡了。她情不自禁了。

尤家兴将她带到后台，其实也不需要尤家兴带，她早就摩拳擦掌了。到了后台，尤家兴问她：

“要不要化装？”

无所谓了。对于这时的肖晓红来说，最主要的不是化装，而是登台。她要成为祝英台，她就是祝英台，火急火燎了。但是，肖晓红按捺住了，她在化妆镜前坐下来，有条不紊地化装。尤家兴播放了音乐，是《梁山伯与祝英台》里的“十八相送”。肖晓红觉得尤家兴这场戏选得好，这段音乐也好，既欢乐又伤感，既是相聚，又是别离。肖晓红很喜欢这种氛围，很迷恋这种状态，这是戏曲的氛围和状态，真实又虚幻，快乐又悲伤。肖晓红化完面妆，一丝不苟，每一个环节都没有省略。每位演员都知道化装的重要性，不只是酝酿的过程，不只是进入角色的过程，而是一个演员自我修炼的过程，更是自我塑造的过程。在化装过程中，一点一滴描绘和确立心目中的角色，也在这个过程中，将原来的自己一点一滴抹掉，让心目中的角色像雕塑一样凸显出来，立体起来，奔跑起来。

只差穿上戏服了，肖晓红转头去看尤家兴。这是她第一次看见尤家兴化装。原来的尤家兴不见了，肖晓红见到的是梁山伯，一个熟悉又陌生的梁山伯。

对于化装，尤家兴不陌生。

他的感受是，“化”跟“不化”是不同的。“不化”的梁山伯是“无限的”，是“全知的”，是超越时空的。然而，“不化”的感受却是单一的，他可以成为戏中之人，也只是戏中之人。他想到的只是梁山伯，只是和剑湫扮演的梁山伯合二为一，只是和剑湫合二为一，他忽略了其他，忽略了整个世界。“化”了之后，他的感受是复杂的，是犹豫的，他发现，戏中不只他一个人。当他和肖晓红完成了化装，尤家兴和肖晓红不见了，世界呈现在他面前，有祝英台，有银心和四九，有山川树木，还有古道凉亭，他和他们是一体的，是不可分离的。没错，他们丰富了他，也触发了他，让他变得立体，变得饱满，让他真正成为一个戏中人，成为戏中的梁山伯。这个梁山伯的认知和视觉是“有限的”，他只能看到所看的东西，只能想到所想的东西。这是真实的梁山伯，是现实的，是可以触摸的。所以，他这时看对面的肖晓红不一样了，不，是祝英台，是同窗好友祝英台，是贤弟祝英台。这就对了，他的感受跟人物同步了，情绪表达准确了。好了，音乐重新开始，他们在后台相视一笑，尤家兴做了一个邀请的姿势，嘴里念道：

“英台请。”

肖晓红也做了一个邀请姿势：

“梁兄请。”

肖晓红一开口，尤家兴就觉得不同了。这不是以前的肖晓红，也不是以前的祝英台。尤家兴说不出不同在哪里，却能感觉到，这个肖晓红和祝英台比以前热烈和主动，比以前难以捉摸。

音乐里响起四句唱词：

三载同窗情似海，
山伯难舍祝英台。
相依相伴送下山，
又向钱塘道上来。

这四句唱词很重要，时间、地点、人物、事件都在里面了。当然，对于演员来说，特别是对于即将上台的演员来说，最重要的是感情。

至于两个人的关系，祝英台在暗处，她了解梁山伯的一切。梁山伯做梦也不会想到，跟他“同窗”三年的贤弟是女儿身。最主要的是，此时，祝英台心思已定，她“芳心暗许”了，她爱上了梁山伯，自作主张要嫁给梁山伯。所以，一路走来，祝英台都在暗示梁山伯，指着路边一棵树说，喜鹊满树喳喳叫，肯定是向梁兄报喜来。意思很明白了，祝英台提前向梁山伯道喜了——梁兄你交桃花运了。梁山伯是个书呆子，根本没听出祝英台的弦外之音，他很认真地对祝英台说，从来喜鹊报喜讯，恭喜贤弟一路平安把家归。祝英台无奈，只能继续往前走，“过了一山又一山，前面到了凤凰山”。这时，祝英台又开始“敲打”梁山伯了，她说，“凤凰山上百花开，独缺芍药与牡丹。梁兄你若爱牡丹，与我一同把家归。我家有枝好牡丹，梁兄要摘也不难”。差不多是赤裸裸地示爱了，我们祝家庄有鲜花，只等你梁兄来摘，现在就可以去摘。梁山伯读书把脑子读直了，拐不过弯，或者说，他的心思根本没有拐到这上面来，他对祝英台说，“你家牡丹虽然好，路远迢迢怎来攀?”世间还有比梁山伯更笨的男人吗？至少在祝英台看来是没有了，她生气了。当然是又爱又恼，女人在这种状态下是要撒娇的，这是她们的专利。刚好经过一座古庙，对面过来一头牛，牧童骑在牛背上，唱起山歌解忧愁，祝英台指着梁山伯说，“只可惜对牛弹琴牛不懂，可叹你梁兄笨如牛”。梁山伯根本不懂什么是撒娇，他不解女人心啊，而且，他生气了。他是读书人，是好学生，成绩优秀，老师青睐，连师母也特别照顾他，这样的学生最容不得别人说他笨，更不能说他“笨如牛”。他的书生脾气上来了，或者说牛脾气上来了，表情严肃地对祝英台说，“非是愚兄动了火，不该将牛比作我”。意思就是说，你把我比作牛一样笨，我生气了，不理你了。真是一个又呆又憨的书生，可爱又可叹。不过，祝英台爱的就是“这一口”，爱的就是他的憨劲，就是他的不世故不圆滑，这样的人不会三心二意，不会见异思迁，不会朝三暮四，哦，值得托付终身。所以，祝英台放下身段，对梁山伯说，“请梁兄你莫动火，小弟赔罪来认错”。有憨劲的人分两种，一种是只会钻牛角尖，不会拐弯，一钻到底，至死方休，那是死心眼的憨；另一种是会拐弯的，心大，拐个弯，一个结打开，豁然开朗了。梁山伯的性格，介于两种憨之间，他的心时大时小，弯也是时拐时不拐。但对于分别在即的祝英台贤弟，他只是假装生气而已，见祝英台认错赔罪，他觉得玩笑开大了，赶紧笑着说，好了好了，路途遥远，贤弟你快快赶路吧，前面就是长亭了，愚兄就送到这里，咱们后会有期。

背景音乐这时响起来了，有一句唱词：

十八里相送到长亭。

连唱两遍，一遍比一遍轻，一遍比一遍慢，一遍比一遍悠扬，那是不舍，是哀伤，是两情依依，是无可奈何。送君千里，终须一别，两人在长亭外作揖，祝英台转身回祝家庄。

到了这里，这场戏就算结束了。下一场是“思祝下山”。可是，今天不同，今天的音乐是循环播放的，也就是说，只要音乐没停止，这场戏就不会结束。当祝英台转身离去之际，梁山伯还站在长亭外眺望，他要看着祝英台离去的背影，直到完全看不见为止。按照剧情安排，整个过程中，祝英台没有回头。

音乐再一次响起来时，祝英台回头了。不仅仅回头，祝英台又回来了，风驰电掣，飞奔而来，双手拉住梁山伯，举到胸前，眼睛闪亮地看着梁山伯，嘴里喊了一句什么话，因为有背景音乐，梁山伯没听清楚，祝英台用更大的声音喊：

“你是谁?”

“我是梁山伯。”

祝英台很高兴，祝英台也很伤心，继续问：

“你到底是谁?”

“我是尤家兴。”

祝英台指着自己鼻子问道：

“我是谁?”

“你是肖晓红。”

祝英台说：

“我到底是肖晓红还是祝英台?”

“你也是祝英台。”

“你再大声说一遍?”

梁山伯高声念道：

“我是尤家兴，是梁山伯。你是肖晓红，是祝英台，是小九妹。我就是你，你也是我。”

祝英台突然“哇”地哭了起来，一把抱住梁山伯唱道：

“梁兄啊，榆木疙瘩能开花，你终于明白小妹的心。”

尤家兴觉得肖晓红今天的表现很不正常，仔细想想，也很正常。

/ 4 /

剑湫没想到，肖晓红会和尤家兴走到一起。也不是没想到，她知道，他们三个人之间，什么事情都可能发生，不足为奇的。但她对肖晓红的做法持保留意见，肖晓红选择的时机不对，她现在的首要任务是排戏，要尽快进入角色，要“在状态”，要找到新版祝英台的感觉，都火烧眉毛了，还有心思谈男女私情？肖晓红是个职业演员，应该拿出职业演员的精神，遇到问题不能逃避，能逃到哪里去？最终还得回到舞台上来，必须面对新版的祝英台，逃不掉的，没人帮得了忙，没有人。

让剑湫更生气的人是尤家兴。肖晓红是个演员，只要上了舞台，是什么事情都做得出来的，怎么任性都可以的。这一点，剑湫能理解，也能谅解。她不能理解和谅解尤家兴，尤家兴不是职业演员，他是冷静的，也应该保持冷静，不能由着肖晓红“胡来”。但是，尤家兴没坚持住，他跟肖晓红“演了同一出戏”。剑湫很失望。

算起来，尤家兴也是个“艺人”，他们家演木偶戏，同时制作木偶。到了尤家兴这一辈，才转行办起玩具厂，刚开始只是木偶玩具，后来拓展到塑料玩具，再后来做起了教具，工厂从一家发展成三家，他从尤厂长变成了尤总。身份和财富发生了变化，尤家兴“艺人”基因没变，并且开始“发酵”。他喜欢越剧，以前喜欢看杜文灯和梅如烟的戏，后来迷上剑湫和肖晓红，只要有剑湫和肖晓红的演出，他都看。剧团的人都知道，尤总是剑湫和肖晓红的戏迷，更是剑湫的戏迷。因为剑湫和肖晓红的关系，他成了剧团常客，成了剧团的“尤总”。

有一点是肯定的，尤家兴是追求剑湫时间最长的人，他的追求是一以贯之的。但是，尤家兴对剑湫的追求又是隐晦的，甚至是若有若无的。他的追求是付诸行动的，却没有实质性内容。

这么说有点绕，有点纠结，但这正是尤家兴的状态，正是尤家兴对待剑湫的方式。可以这么说，他喜欢舞台上的剑湫，那个雄姿英发的剑湫，但尤家兴知道，那是舞台，是戏，是不真实的。他更喜欢生活中的剑湫，回归女儿身的剑湫。这种喜欢源自他的想象，源自剑湫在舞台上和生活中的反差，更源自他对剑湫女儿身的向往。问题正在于此，这种向往让他害怕，这害怕来自两个方面：一是剑湫的拒绝；二是对现实的失望。

剑湫从来没有拒绝过尤家兴，因为尤家兴从来没有真实的“举动”。他的追求里，“追”是显性，是主题，是明目张胆和锣鼓喧天的；“求”是隐性，是时隐时现和似有似无的，甚至是形而上的。他到剧团来，或者到剧场看剑湫和肖晓红演出，好像只是一种宣告：这是老子的地盘，闲人勿进。

尤家兴不是没有和剑湫单独相处过，剑湫带他回过单身宿舍。剑湫不是随便带男人回单身宿舍的人，她这么做，是态度，也是默许，等于承认尤家兴对“领土”的圈定。

尤家兴在剑湫单身宿舍是随意的，这种随意源自剑湫。他们可以说话，也可以长时间不说话；可以各做各的事，也可以各自发呆，好像他们是两个独自运行的星球，互相吸引，也互相排斥。他们在一起，看似平淡，却又亲密；看似危机四伏，却又相安无事。

他们见面一般在晚上，尤家兴白天要去工厂，剑湫白天要排练。晚上又分两种见面方式：一种是剑湫在舞台上，尤家兴在舞台下；另一种是在剑湫宿舍。尤家兴没有带剑湫去过工厂，他隐隐觉得，剑湫对工厂是排斥的，至少是冷漠的，是隔膜的。对于尤家兴来说，两种见面方式，两种状态，一种激烈，一种温和。他渴望激烈，也享受温和。他想，剑湫大概也是这种心态，所以，他们才能安然地交往下去。

在剑湫的单身宿舍，他们也曾有过身体交集。

那天晚上，剑湫靠在床上看剧本，他坐在宿舍唯一一张桌子前画玩具草图。当他抬头看剑湫时，她不知在什么时候睡着了，剧本散在胸前，手停在脑袋上边。尤家兴静静地看着熟睡中的剑湫，他从来没有如此长时间地看着剑湫。舞台上的剑湫是流动的，是目不暇接的，是变幻无穷的；舞台下的剑湫，尤家兴从来没有认真看过，也不需要，他只需要跟剑湫在一起的气息和感觉，只需要那种不真实却又实实在在的氛围。这是他第一次端详舞台下的剑湫，他觉得，这个时候的剑湫，既是静止的，又是流动的。但是，有一点是可以肯定的，他的内心是宁静的，他的身体是安静的。但他还是站起来，走到床前，走到剑湫身边，弯下腰，更加仔细地看着剑湫的脸，差不多是脸贴着脸了。他不知道要从剑湫的脸上看出什么，也不知道自己为什么要这么做。就在此时，剑湫的眼睛突然睁开了。那是一双经过专业训练的眼睛，是一双戏曲演员的眼睛，一双小生的眼睛，无论在不在台上，她的第一反应肯定是

“在台上”。剑湫的眼睛一瞪，射出两道光芒，这光芒不仅击穿了尤家兴的身体，也击中了他的灵魂。他没有动，也不能动。剑湫这时动了，伸出停在脑袋上边的手，缓慢而又敏捷地钩住尤家兴的脖子。尤家兴的脸跟剑湫的脸碰到一起了，不对，是他们的嘴撞到了一起。剑湫咬住了尤家兴。

触电一般，尤家兴的身体没有任何征兆地跳了起来，将剑湫的身体带了起来，又重重摔在床上。尤家兴没有惊慌失措地逃走，他还站在原地，诧异地看着剑湫，好像不认识她。剑湫依然保持着被摔在床上的姿势，她的眼睛看着尤家兴，又好像没有看着尤家兴。她的脸色是平静的，似乎早就料到尤家兴会有这种反应。整个过程，两个人没有说过一句话，一切都是寂静的，似乎发生了什么事，又似乎什么事也没有发生。

确实是什么事也没有发生。此后，两个人再没提起这件事，他们还跟以前一样交往，尤家兴还去剑湫单身宿舍。但是，心里都知道，不一样了，他们对自己的认识不一样了，对对方的认识也不一样了。

尤家兴当然知道这一点，同时，他又是迷茫的。他的迷茫在于如何处理和剑湫的关系，他的迷茫更在于如何理清自己对剑湫的感情。很难，太难了。他觉得自己是喜欢剑湫的，他无法想象离开剑湫自己将如何生活下去，意义何在。难道仅仅是多开几家教具工厂吗？有意义吗？当然有意义，多开几家工厂，就能赚更多钱，他当初放弃家传的木偶戏，选择做生意，不就是为了赚钱吗？但是，他也知道，钱是赚不完的，是没有尽头的。如果从这个角度讲，多开几家工厂又是没有意义的。有时候，尤家兴觉得自己并不喜欢剑湫，对她的身体没有强烈的欲望，他觉得这是不对的，甚至是不道德的。他为那天晚上自己不得体的行为深深自责，他认为自己是吓坏了，剑湫是他的神，他怎么会产生动剑湫身体的念头？他更没想过剑湫会主动亲吻自己，吓死人了。

有过上一次的经验后，尤家兴终于“开窍”了：

剑湫是可以“动”的。剑湫是人，而且，是个女人。女人有的，她“都有”；女人需要的，她“都需要”。剑湫回到“凡间”了。这是尤家兴不愿意见到的，但他必须面对这个“现实”，因为剑湫不可能永远在舞台上，她的人生必须由舞台上和舞台下两段构成，只有这样，她才是完整的。

尤家兴必须正视这个现实，他已经错过一次，接下来不是补救的问题，而是如何面对的问题。他不能回避，更不想躲避。他必须有所行动，既是对剑湫的试探，也是对自己的确认。

是尤家兴主动带剑湫到陈列室的。剑湫不想去他的工厂，她对工厂没有兴趣，尤家兴说不是去工厂，是去他的木偶陈列室。尤家兴对剑湫说过木偶陈列室，也说过陈列室中间的戏台。剑湫对木偶戏有兴趣，对陈列室里的戏台也有兴趣。好吧，那就去。

尤家兴发现，进入陈列室，剑湫的眼神就变了，迷离了，飘忽了，隐约了。走路姿势也变了，她

“走”的是生角的步伐，是风流倜傥的，又是步步为营的。说话的声音和节奏也变了，变雄性了，抑扬顿挫了。当他们站在戏台上时，剑湫已经进入表演状态，呼吸也变了，既急促又舒缓，既沉重又轻盈，既真实又虚幻。戏台上充满了她的气息，阳刚又阴柔，温暖而湿润，上下翻腾，无孔不入。

尤家兴紧张极了，手脚发软，鼻子发酸，他想瘫在戏台上呼呼大睡，更想抱着剑湫大哭一场。尤家兴不想再错过机会，他提出来，用木偶跟剑湫配戏，一起演一场《梁山伯与祝英台》。这个时候，剑湫还会不同意吗？不要说有人跟她配戏，她一个人也愿意演，也能将整座戏台撑满。

尤家兴选了“草桥结拜”，是他第一次见到剑湫的那场戏。

剑湫一开口，尤家兴就知道，自己做了一件蠢事，怎么能跟剑湫演对手戏呢？剑湫在戏台上一亮相，尤家兴就感觉到一股山呼海啸的压力，那是来自剑湫身上的气势，一种凌厉的气势，咄咄逼人，气势汹汹，让人畏惧，又让人敬佩。当剑湫一开口，情况变了，不是咄咄逼人的问题了，整个戏台都属于剑湫，都在她的控制之中。尤家兴发现，这个时候，想象中的剑湫回来了，自己的身体有反应了，膨胀了，虚空了，真假难辨了，恍恍惚惚了。但是，这一次的恍惚与以前不同，他跟剑湫演上了对手戏，有互动了。有互动是不一样的，是有对等交流的，是纠缠的，是不分彼此的。

尤家兴感觉得到，自己是被剑湫带着前行的，是被剑湫包裹着的。他一开始担心跟不上剑湫的节奏，其实不是，在这一点上，剑湫掌握得很好，在戏台上，她是王，她掌控着整个空间，也把握着前行节奏，不会让任何人落下。优秀的演员就有这样的魔力。尤家兴很愉悦，从未有过的愉悦，他觉得，无论是身体还是精神，都已经和剑湫结合在一起了，飘起来了。

可是，尤家兴又是清醒的。这是在陈列室的戏台上，是和剑湫在演戏。也就是说，这种愉悦是不真实的，是空虚的。然而，对于尤家兴来讲，这种愉悦又是如此真切，如此身临其境。

戏台上的演出是打破时空的，短短一个选段，就是一生一世，就是万水千山，是整个宇宙，也是漫长无际的时光长河。对于尤家兴来讲，这一段“旅程”既漫长又短暂，他似乎与剑湫早就交融在一起了，忘记了开始，也永远不会结束。可是，他又觉得，这个过程稍纵即逝。他希望继续被剑湫推着，希望继续被剑湫包裹着，希望永远跟剑湫融合在一起，将两个人变成一个人。

尤家兴意犹未尽，他不满足。戏虽然结束了，但他没有离开戏台的意思。他看着剑湫，是的，眼前的人分明是剑湫，可是，也是梁山伯，她是剑湫和梁山伯的综合体。她是雌雄同体。这正是尤家兴需要的，他不能自拔了，眼前的剑湫是那么真实，又是那么虚幻；是那么触手可及，又是那么遥不可攀。不管了，尤家兴豁出去了，他扔下手中木偶，一把抱住剑湫。他抱住了一团滚烫的火，又像抱住一汪柔软的水，但他确信，自己抱住了剑湫，是戏台上的剑湫，是想象中的剑湫，是热气腾腾的梁山伯，是奔腾不息的梁山伯。是的，尤家兴意乱情迷了，喃喃地叫道，剑湫，剑湫。接着，又情不自禁地叫道，梁兄，梁兄。干什么？剑湫一把将他推开，很突然，很猛烈，推了他一个趔趄。他有点清醒过来了，依然站在戏台上，眼前依然站着剑湫。是生活中的剑湫，是没有化装的剑湫。剑湫冷冷地看着他，目光像一把寒光闪闪的剑，那是一道白光，尖利地刺进他的脑子。这一下，他完全清醒了。剑湫依然看着他，没有开口，但那眼神分明已经开口了，那是疑问，更是质问。可是，尤家兴无法回答，怎么开口呢？他惶恐而悲伤，不知接下来该说什么，更不知该做什么。

戏台暗了下来，世界也暗了下来。

走下戏台，剑湫已经恢复常态。脸色是冷淡的，跟平常没有任何区别。她没有再提陈列室戏台上的事，好像根本没有发生过。她依然跟尤家兴保持来往，没有比过去更热烈，也没有比过去更冷淡。

接触越多，越深入，尤家兴越是看不懂剑湫。他理解不了剑湫，或者说，无法走进她的内心，也无法靠近她的身体。剑湫的身体时而开放时而紧闭，没有任何征兆和规律。这当然有他的原因。面对剑湫的身体，他是犹豫、纠结、彷徨和举棋不定的，同时，他也感受到，剑湫的态度是不稳定的，是无法捉摸的。

/ 5 /

剧团的人都认为，剑湫不会参加肖晓红和尤家兴的婚礼，毕竟和新郎有过一段说不清道不明的关系，忌讳是肯定的，尴尬也是肯定的。但是，也不能十分肯定。谁也摸不清剑湫的性格，摸不准她的行事方式，她做什么事，只看她想不想做，没有该不该做。

请柬是肖晓红送到剑湫办公室的。尤家兴没来，尤家兴也可能是“不敢”，他心虚，他内心是“怵”剑湫的。肖晓红送来请柬的同时，还有一个礼包和五百元礼金。肖晓红说，要来参加婚礼哦。剑湫接过礼包、礼金和请柬，表情平静，她对肖晓红说了一句“恭喜”，没说参加，也没说不参加。

结婚那天，剑湫准时出现在华侨饭店的婚礼现场，她跟剧团同事一样，包了两千元礼包，回礼是一百元红包和一包硬壳中华香烟。剑湫被安排在主桌，和杜文灯、梅如烟老师坐一桌。虽然是晚辈，但她是团长，大小是个“官”，完全有资格跟她们同桌，名正言顺的。

一切都很顺利，一切都很融洽。男方来的客人大多是老板，财大气粗，声音此起彼伏，是喧闹的，是热烈的，是生机勃勃的，是变化多端的。女方来的客人以剧团同事为主，都是文化人，文化人的热闹是暗流涌动的，是意味深长的，是山高水长的，是意会多于言说的。

婚礼主持人是剑湫的戏迷，没有人知道他是自作主张还是事先和尤家兴串通好，婚宴中途，他突然邀请剑湫来一段越剧，给新娘和新郎送上“特别的祝福”。

老实说，剑湫没“准备”，她是来“吃喜酒的”，不是来“唱戏的”。她可以拒绝，以她的性格和行事风格，拒绝是理所当然的。但剑湫是演员，演员是不会拒绝表演的，特别是在人多的场合，特别是在“群情激昂”的时候，表面不动声色，内心早就跃跃欲试了，身上所有的肌肉都在跳跃，喷薄欲出了。不唱是不可能的。

剑湫接过主持人递过来的话筒，站了起来，大方地说，那就清唱一段吧，唱《梁山伯与祝英台》里的“楼台会”。她的话音刚落，主持人喊了一声“好”，掌声迫不及待地响起来。大家也跟着叫好，跟着拼命鼓掌。掌声停息后，剑湫提了一个要求，她想邀请新娘一起唱，她唱梁山伯，新娘唱祝英台。这一次，主持人还没反应过来，带头喊“好”的是新郎尤家兴，他带头鼓掌，将新娘推上台去。新娘肖晓红虽然觉得这种场合不适合唱戏，特别是唱“楼台会”，但她是演员，唱戏是她的本能反应，特别是跟剑湫一起唱，即使尤家兴没有“推”，她也会上去；即使心里不想“上”，身体也会“上”。

肖晓红上台后，先对剑湫做了一个邀请动作，用了一句念白：“梁兄请。”

剑湫也弯腰做了一个邀请动作，对肖晓红说：“英台请。”

立即就进入角色了，剑湫拉开嗓子唱道：“那一日，钱塘道上送你归，你说家有小九妹，长亭上面做的媒，愚兄是特地登门求亲来。”

肖晓红唱道：“梁兄啊，你道九妹是哪一个？就是小妹祝英台。”

剑湫和肖晓红上台后，杜文灯没有去看她们。对于她们的表演，杜文灯不需要“看”，她的眼睛用来盯尤家兴。当剑湫唱“那一日”的时候，尤家兴“不对劲”了，身体明显颤抖了一下，然后僵住，一动不动，好像失去了生命，怅然若失了。当剑湫唱到“久别重逢应欢喜，你因何脸上皱双眉”时，尤家兴的身体随着唱词开始晃动，脸上的神情也随之变化，好像丢失的东西找到了，欣喜，却又不说出来。当剑湫唱到“纵然是无人当它是聘媒，我与你生死两相随”时，尤家兴脸部表情转变成了悲伤和无奈。当剑湫唱到“贤妹妹，我想你，哪日不想到夜里”时，台上的剑湫强忍泪水，台下的尤家兴却满脸红光，那红光几乎照亮他的身体，充满了力量和斗志。

自始至终，尤家兴的眼睛都围绕着剑湫，剑湫在哪里，他的眼睛就跟到哪里。他眼里没有肖晓红，肖晓红仿佛是透明的，不存在的。除了剑湫，整个世界都是不存在的。当剑湫最后唱到“我死在你家总不成”时，杜文灯发现，尤家兴眼里有一束光，一束柔和的光，似乎将剑湫笼罩起来，保护起来，不让她受任何伤害。他眼里还有另一束光，是凶狠的，是残暴的，也是贪婪的，似乎要将剑湫一口吞没。杜文灯从尤家兴的眼光看出来，剑湫是独属于尤家兴的，这事没得商量。

心惊胆战了。杜文灯知道尤家兴一直和剑湫“纠缠不清”，但她觉得那只是青年男女的恋爱，是“剪不断，理还乱”，是“一团乱麻”。现在看来，不是的，情况很复杂。现在，肖晓红成了尤家兴妻子，而尤家兴眼里没有妻子肖晓红，他眼里只有剑湫，只痴迷剑湫。三个人结成解不开的结，错综复杂了。这事怎么弄？杜文灯觉得没法弄。

演唱是成功的。当然，剑湫的演唱不可能不成功。选的“戏”有点小问题，跟婚礼的气氛不太协调。不过，没关系，剑湫的演唱能带领大家飞离现场，去一个熟悉又陌生的地方。确实如此，剑湫将大家带到了祝家庄，带到了祝英台的楼台。大家看到梁山伯兴冲冲地赶来，来兑现诺言，来跟小九妹提亲，跟小九妹喜结连理。可是，哪有小九妹，只有祝英台，只有名花有主的祝英台。小九妹是个“骗局”，祝英台也将成为马文才的妻。一脚踩空了，失落了，心痛了，伤心欲绝了。这日子没法过了。楼台相会，成了诀别。祝英台想留他多坐一会儿，可是，再坐下去有什么意义？不能改变现实的逗留就是折磨，就是摧残，叫人肝肠寸断，叫人生无可恋。走了。

谁的人生没有经历过波折？谁的人生没有经受过挫折？谁的人生没有被爱情拥抱又被抛弃？谁的

人生不是起起伏伏？剑湫的演唱唤醒了沉睡在大家心底的感情，“百般滋味涌上心头”了，剑湫演唱的不仅仅是梁山伯，也不仅仅是她自己，而是所有听她演唱的人，她把所有人“带进去”了，触动了所有人的感情。这是剑湫了不起的地方。难怪她有那么大名气，难怪她有那么多戏迷，难怪她能得奖，难怪她能当上团长。她站在台上，就是主宰。她将舞台变成所有观众的舞台，所有观众成了主角。这是她的厉害之处。唱什么内容不重要，是不是悲剧也不重要，甚至连肖晓红和尤家兴的婚礼也不重要。剑湫这么一演唱，喧宾夺主了，不合适了。

有一点是可以肯定的，有了剑湫的演唱，肖晓红和尤家兴的婚礼变得“与众不同”了，艺术含量高了，内涵丰富了，给所有参加婚礼的来宾以艺术享受和情感冲击，那么，这就是一次成功的婚礼。不虚此行了。

没人会在意剑湫演唱的是悲剧，没人会注意尤家兴身体和精神的变化。

但杜文灯注意到了，梅如烟也注意到了。她们互相对视一眼，没有说话，心照不宣。情况不妙，很不妙，她们也遇到过类似的事。那时候，她们刚刚成为信河街剧团的台柱子，刚刚“红”起来。她们是剧团“双姝”，是冉冉上升的明星。也就在那个时候，她们同时喜欢上一个男人，是文化局的一个处长。那时候的“喜欢”是不及物的，所谓“在一起”，顶多是去瓯江边散个步，再就是去大众电影院看一场电影。那个人约杜文灯看电影，又约梅如烟去瓯江边散步。这就是大事件了，就是脚踩两只船，就是花心，就是陈世美。要死啦，不可原谅的。

杜文灯和梅如烟谁也没有开口提这件事，不能说的。她们的表达方式在舞台上，通过戏中人将想说的内容表达出来。她们做得到，也只有她们才能领会。在演出《梁山伯与祝英台》中“山伯临终”那场戏时，杜文灯在舞台上悲凉地唱道：

生前不能夫妻配，

死后也要成双对。

在后台候场的梅如烟一听，泪流满面了。她听懂了，杜文灯这个时候是梁山伯，也是杜文灯，这句话是唱给梁山伯的，是唱给梁山伯爹娘的，是唱给祝英台的，更是唱给她梅如烟的。她突然有种奇怪的感觉，这种感觉突如其来，暖暖的，凉凉的，有点刺，有点痒，既迅猛，又舒缓。她不由自主地打了个战，是个很大很大的战抖，随之，全身一阵麻痹，一屁股跌坐在地上。

从那之后，梅如烟再没有跟那个男人去散步。她发现杜文灯也是，她们不约而同地、委婉而坚决地拒绝了那个男人。

梅如烟和杜文灯没有任何口头上的约定，没有。在那之后，她们还是似友似敌的关系，还是你追我赶的关系，有时几乎水火不容，就差势不两立了。但她们从来没有发生过正面“冲突”，无论是语言，还是肢体，从来没有。梅如烟既害怕又享受，她想杜文灯也是如此。这种害怕与享受，成了她们之间的纽带，成了她们之间的默契，成了她们之间特殊的关系，一种既疏离又胶着的关系。她们谁也不需要谁，可谁也离不开谁。

后来，她们各自成立家庭，都老大不小了，没有家庭就是孤魂野鬼，去不了“封神台”的。特别是对于她们这样身份的女人来说，没有家庭会滋生出无穷是非，滋生出无尽的闲言碎语。

那就嫁了吧。

是梅如烟先成立家庭的，她没有选择追求她的人，没有选择与戏曲有关的人，而是嫁给一个政府机关办事员，一个从来不看戏也不知道她名字的人。紧随她之后，杜文灯也成立了家庭，没有嫁给众多追求者，她嫁给了一个军官。结婚前跟军官约法三章：她不随军，她是演员，根在信河街，在信河街的舞台上。

梅如烟觉得，她的家庭生活是幸福的，甚至是美满的。至少在外人看来如此。她从来没有对家庭

表示过不满，当然，也没有表示过赞美。她从不对外谈论家庭，她发现杜文灯也是。外人从她们的穿衣打扮、语言神态、对生活的态度可以看出来，她们的家庭生活是和谐的，是安然无恙的。这就好，有什么比“安然无恙”更值得珍惜？但是，有谁知道她们内心的苦楚和失落？她和杜文灯都没有子女，不知道杜文灯怎么想，她是不想有。她从来没想过用身体生育出子女，她不能接受跟一个男人共同生育子女，那是不可想象的。她的子女在戏里，在舞台上，在塑造的角色中，那些角色既是她自己，也是她生育的子女，是独属于她的。在机关办事员委婉而坚定的劝说下，梅如烟去医院做过妇科检查，没有查出不能生育的“问题”，这不是她的“问题”，至少不是“生理问题”。机关办事员也没问题。梅如烟清楚，“问题”在她这里，在“心理”上，如果她不主动“化解”，是没办法解决的。杜文灯和军官的婚姻维持了十二年，最终还是“友好而平静”地“解体”了。军官想让杜文灯去部队，在部队也可以唱戏，部队也有舞台，舞台更大，空间也更大，为什么非要留在信河街？杜文灯不走，她对军官说，我们有约在先的，你不能逼我离开信河街。十二年后，军官选择了“放手”，从那之后，杜文灯就“一个人过”了。梅如烟有时很想去找杜文灯说说话，她有许多话要跟杜文灯说，可以在办公室，可以去她家，或者来自己家，还可以去茶馆。可是，无论这个念头多么强烈，她都没有付诸行动。她不知道杜文灯是不是也是如此，杜文灯比她沉默、严厉。她知道，杜文灯是不会主动来找自己的。

只有梅如烟知道，她的家庭生活并不和谐，更谈不上美满。她不关心自己的丈夫，一点也不关心。她不愿意跟他做爱，不能接受，不愿意接受。她对丈夫说，你去外面找个女人吧。说出这句话后，她显得很轻松，甚至有无耻的感觉，好像从此之后再无义务，“两讫”了。她想过跟丈夫离婚，她对他说，这样过下去，你痛苦，我也不快乐。他想都不想就说，不，我不会跟你离婚的，这辈子都不可能。

她的家庭只是表面看起来和谐、美满而已，在这一点上，她羡慕杜文灯。杜文灯做事比她坚决，比她干脆，从来不拖泥带水。但是，有一点她是知道的，无论是她，还是杜文灯，她们的人生都不完美，她们不会拥有世俗的幸福。她们的完美和幸福在舞台上，她们确实找到并享受了，不配再享有世俗的欢乐。

从自己和杜文灯的人生，梅如烟看到了肖晓红和剑湫的人生。肖晓红和剑湫的人生肯定和她们不同，选择空间更大。但有一点可以肯定，她们的感情生活和婚姻生活注定不会平静，也不会完满和幸福，她们的完满和幸福在“彼岸”。梅如烟相信，尤家兴在婚礼现场的表现，肖晓红也是“看到了的”，她不知道肖晓红怎么想，更不知道肖晓红接下来会怎么做。这可能就是代沟，是差距，是她这一代人和肖晓红这代人的差别。同是演员，扮演的是同一个人物，差别却是那么明显，那么巨大，她们有她们表达感情和对待感情的方式，外人是无法理解的。

/ 6 /

对于肖晓红来说，和尤家兴结婚的念头是骤然而至的，她从来没想过要嫁给尤家兴，从来没有。这是不可能的，尤家兴不是她的“菜”。肖晓红不能确定自己想要什么样的“菜”，但肯定不是尤家兴。她要的巍峨，要的不可一世，要的汹涌澎湃，要的气吞山河，要的酣畅淋漓，尤家兴身上都没有。尤家兴身上有犹豫，有徘徊，有辗转反侧，有当机立断，也有运筹帷幄，这些都不是她想要的，她从来没想过跟尤家兴“在一起”。不过，她也在心里问自己：为什么不能嫁给尤家兴？谁规定自己不能嫁给尤家兴？没有嘛，她是自由的，跟谁结婚是她的事。肖晓红没想明白的是，当时在陈列室的戏台上，自己为什么要那么做？为什么会那么做？肖晓红到现在还是恍惚的，演完“十八相送”之后，她应该离开戏台。演出结束了，她不是祝英台了，她是肖晓红。可是，她又返回了戏台，她不是以肖晓红的身份回去的，是祝英台；尤家兴也不是尤家兴，是梁山伯。可是，肖晓红似乎又是清醒的，她知道自己的另一个身份是肖晓红，或者说，她这么做时，两个身份是混淆在一起的；而尤家兴也不是单纯的尤家兴，他和梁山伯合二为一了。她可以对天发誓，此事没有“预谋”，她去找尤家兴，要在陈列室里演戏，可能是事先想好的，或许，她曾经想过在戏台上与尤家兴建立某种关系，但那只是一种试探，一次放飞，是艺术的，是形而上的。在戏台之下，她从没动过嫁给尤家兴的念头，她从没想过成为“尤总的夫人”，那是不可想象的。

真正的问题是，完成结婚仪式后，她将如何面对尤家兴？如何“生活”？肖晓红茫然了，悚然了。结婚之前，她的所作所为，带有表演性质，她找到了舞台上的感觉，有创造的快乐，既写实又夸张，很爽。特别是在婚礼现场，她和剑湫演唱的那一场“楼台会”，剑湫的每一句唱词都是别有深意的，都是饱含深情的。她当然感受到了。她从那种深情里得到了力量，得到了进入另一个通道的动力。她既热烈又冷静，既充实又虚无，落地生根却又飘荡无依；她是新娘肖晓红，又是新郎尤家兴；既是旦角肖晓红，又是生角剑湫；既是祝英台，又是梁山伯，似乎什么都是，又似乎什么都不是。她感觉身上有一种摧枯拉朽的力量，有一种一往无前的勇敢，她觉得自己长出了三头六臂，翻江倒海，上天入地，不就是演个私奔的祝英台吗？没问题，放马过来便是。那一刻，肖晓红觉得自己是无所不能的，祝英台也是无所不能的，整个天下都是自己的。

搬进尤家兴的别墅后，肖晓红发现他们有一个巨大的卧室，有巨大的卫生间和换衣间，还有一张大床。肖晓红从来没见过这么大的床，哪里是床？分明是一个舞台。她要和尤家兴睡在这个舞台上，没有任何退避机会了，身体接触回避不了了。可是，她不知道如何与尤家兴“短兵相接”，也不想。她想象的人不是尤家兴，不能接受尤家兴。这个问题有点大了。

让肖晓红稍稍心安的是，尤家兴没有“碰”她。她裹一床被子，尤家兴也裹一床被子，各睡各的，相安无事。这就太好了。

肖晓红心里还是不踏实，太匆忙了，从戏台上的“演出”到举办婚礼，只用了三天，好像她赶着上前线，一切都是急吼吼的。婚礼本身也像一场战争，一场轰然而至的战争。双方情绪还没到位，还在酝酿，还在发酵，还在犹豫，还在试探，战争“打响”了，很快进入“阵地战”。仪式完成了，轰轰烈烈的场面已经结束，接下来就是“赤膊上阵”“拼刺刀”了。尤家兴暂时没“动静”，谁能保证他一直“按兵不动”？他是有理由的，他是丈夫，“动”自己的妻子天经地义。肖晓红想，那就惨了，怎么对付？她能拒绝尤家兴吗？拒绝有用吗？尤家兴会不会使用“武力”？会不会“乱来”？会不会“来硬的”？肖晓红每晚提心吊胆，尽量把身体缩起来。她基本功练得扎实，身体柔软性好，身体的优势这时体现出来了，躺在床上，侧身而卧，面朝里边，手臂抱住双膝，几乎缩成一个圆圈。这个圆圈像一座“城堡”，让她找到一点安全感。但是，这种安全感是那么脆弱，肖晓红怀疑，只要尤家兴的手指头轻轻一碰，她苦心建造起来的“城堡”便会轰然坍塌，场面便会“失控”，“城池”必然失守。她像一个孤军奋战的将军，面对围攻已久的敌军，虚弱而坚硬地死守在城墙之上，做出奋力一搏的姿势。她明白，只是虚张声势，只是一个仪式，只要“敌军”发起进攻，城墙便应声而倒。她的防守形同虚设。

在忐忑之中，肖晓红并没有等来想象中的“惨烈”战争，没有，尤家兴“风平浪静”，他只是和肖晓红睡在一张大床上，肖晓红在左，他在右，只是两军对垒，并不“进犯”。肖晓红没有掉以轻心，她不敢脱了衣服睡觉，相反，她从剧团带回了演出打底服，白色、紧身那种，每晚临睡前，她将演出打底服穿在睡衣里面，将身体裹得密不透风，裹得自己也无从下手。她保持高度戒备，时刻警惕，提防尤家兴“突然袭击”。

一个月过去了，两个月过去了，尤家兴依然按兵不动。第三个月，尤家兴突然不见了。肖晓红夜里左等右等，不见尤家兴踪影。肖晓红产生了微妙的心理，居然期望尤家兴出现。当然不是期望尤家兴的身体，她期望的是作为“符号”的尤家兴，他是她的丈夫，是“睡在同一张床上的人”。肖晓红差不多已经习惯了尤家兴作为“符号”的存在，她接受了这种存在。当尤家兴凭空“消失”之后，肖晓红有一种失落感，有一种被人抛弃的感觉。这种感觉很不好，让她产生了怀疑。是的，她不自信了，对自己的“魅力”不自信，对自己的吸引力不自信，对自己作为一个女人产生了动摇，最主要的是，对自己作为一个旦角演员的身份产生了动摇。这一点是致命的。可以毫不夸张地说，判断一个演员好与差，自信心是一个重要标准，甚至是最重要的标准。

一个好演员，首先是自信的，自信相当于演员的骨架，只有骨架立起来，演员才能在舞台上站得住，才能表现出独特的气质，才能拥有自己的气场，才能吸引戏迷。从这个角度说，自信不仅仅是一个演员的骨架，还是灵魂，是演员能够飞翔起来的重要依据。肖晓红意识到“危机”了，作为“丈夫”的尤家兴不翼而飞了，没有任何商量，没有任何预兆。那只能说明一个问题，就是作为“妻子”的肖晓红的失败，也是作为“名角”的肖晓红的失败。无论是作为“妻子”还是“名角”，都没有对“丈夫”尤家兴构成吸引力，成了可有可无的“摆设”，虽然同床而眠，他却无视她的存在，这个打击是摧毁性的。肖晓红不能不对自己产生怀疑。

一个星期后，尤家兴出其不意地回来了。他那晚回到卧室时，肖晓红正在换衣间里穿演出打底服，即使尤家兴不在家，她也没有放松防护。她知道，最安全的时候，可能是最危险的时候。可不是，尤家兴破门而入了。当她看见穿衣镜里突然多出一个尤家兴时，双脚一阵乱踩，好像地上有一只飞蹿的蟑螂，她双手捂住胸脯，喉咙发出玻璃破裂的声音。

尤家兴没有进换衣间，他的眼睛直直盯着肖晓红，好像不认识她似的，又好像见到久别的亲人。他的目光突然迷离起来，似乎一直看着肖晓红，又似乎眼里什么也没有。

那天晚上，肖晓红睡得极不踏实，刚要入眠，便觉有双手摸到她身上来，双脚一蹬，立即醒来。醒来之后，不敢转身看尤家兴，只能竖着耳朵听，她似乎听见尤家兴的呼吸声，又似乎没有听见。

真是心力交瘁的一夜，虽然有惊无险，对于肖晓红来说，她和“城堡”外的敌军进行了无数次殊死搏斗。她是演员，“感受”比一般人灵敏：这一夜，尤家兴跟以前是不一样的，他的身体没有动，甚至连呼吸也似乎停止了，但肖晓红“感受”到尤家兴在动，他的心在动，气息在动，汹涌澎湃地动。可他的身体依然静止，依然保持“沉默”。这就可怕了，这是蓄势待发，这是等待时机。完蛋了，最后的“总攻”终于要来了。肖晓红心惊胆战，她害怕那个时刻的到来，对于她来说，那就是毁灭。同时，她又怀有一丝厚颜无耻的期待，在某一刹那，甚至到了迫不及待的程度。她觉得那一刻就是“燃烧”，对她来说，既害怕燃烧成灰烬，又期盼烧成青烟之后的轻松。她就在这两难的选择中熬过了一夜，浑身酸痛，筋疲力尽。

接下来的那个晚上，尤家兴又消失了，他没有回到床上来。这一次，肖晓红很肯定，尤家兴很快会“去而复返”，而且，尤家兴再也不会犹豫了，他要“出手”了。肖晓红觉得真正的“死期”到了，没得救了。

她想到过逃跑，逃回剧团，逃回单身宿舍。念头闪了一下，消失了。她不想逃。她不喜欢即将到来的那个时刻，也不能接受，可是，她居然做好了面对的准备。这是为什么？她想不通。没人会阻拦她逃跑，只要她想离开，没人拦得住，但她没有离开。

那个白天，肖晓红记不得在剧团做了什么事，好像和剑湫开了会，也好像去排练厅参加了排练，又好像什么事也没有做。

到了晚上，她在剧团食堂吃了晚餐。回到家后，第一件事就是洗澡，然后将演出打底服裹在身上，她预感今天跟以往任何一天都不同，特意比平时多穿了一件。

尤家兴跟平时回来的时间差不多，不同的是，手里多了一个包袱，他直接进了换衣间，将包袱放在化妆台上。肖晓红看清楚了，是演出的化装用具和化妆品，还有就是戏服。她诧异地看了尤家兴一眼，不知他葫芦里卖什么药。尤家兴对她微微笑了一下，肖晓红觉得他的微笑很诡异，似乎在掩饰什么，似乎怀有巨大阴谋。被他这么一笑，卧室里的气氛突然变得柔软和浑浊，变得暧昧和可疑，空间似乎被扩大了，变得虚无缥缈起来。尤家兴用手指着打开的包袱，命令肖晓红：

“你，化装。”

肖晓红心里想，难道要在这里演戏？身体却像听了指令，坐到了化妆镜前。这一切太熟悉了，她入行十几年，几乎每天都要化装，只要坐到化妆镜前，所有动作成了自然反应：第一个大步骤是头部和面部。她先用发带将头发向后拢起来、往脸上涂凡士林底油、拍面部底色、拍腮红、敷定妆粉、刷桃红、画眼圈和眉毛、抹口红、涂脖子和双手。第二个大步骤还是头部和面部。先是贴片子，从眉心中上方开始贴，然后一左一右地贴。接下来是勒头。勒头很关键，从某种意义上讲，勒头是戏曲演员化妆中最关键的一步，演员状态好不好，演得出不出彩，跟勒头有很大关系。勒头就是用物理手段让演员进入半眩晕状态，进入似人非人状态，进入如梦如幻状态，通过勒头，将现实和虚拟打通。勒头还有一个作用，可以将演员的眼角拉上去，行话叫吊眉，使演员的眼睛更加有神，更加勾魂摄魄。再接着是戴头面和压鬓花。旦角有旦角的头饰，耳挖子是少不了的，顶花也是少不了的，具体头饰根据戏中人物而定：林黛玉有林黛玉的头饰，那是官宦人家的小姐；祝英台有祝英台的头饰，她是财主家的女儿。出身不同，身份不同，头饰上的区别，外行人是看不出来的。第三个大步骤是穿戏服。这就简单了，肖晓红已经穿好了打底服，等于做好前期功课，只要穿上彩裤，系上裙子，戴上护领，披上霞帔，套上彩鞋。行了，生活中的肖晓红变成了舞台上的祝英台。肖晓红看了一眼镜子里的自己，轻移莲步，出了换衣间，轻轻一跃，跳到床上，开口唱道：

问梁兄，今朝别后何日来？

不一样了，突然就不一样了。也算不上突然，尤家兴的不一样是从肖晓红化装开始的，从头发开始，到脸，到脖子，到最后穿上戏服，肖晓红不见了，他见到的是祝英台。他也在变，从头发、脸、脖子，最后到全身，不是尤家兴了。他看着祝英台跳上了舞台，不对，舞台上不只是祝英台，还有梁山伯。对，祝英台一分为二，化出了梁山伯，他们一起在舞台上演唱《梁山伯与祝英台》中的“送兄”。或者，舞台上的梁山伯不是祝英台幻化出来的，而是他，他就是梁山伯，正和祝英台对唱。

“送兄”唱完了，梁山伯要离开祝家庄，回他的会稽胡桥镇。梁山伯没有回，也没有走下舞台。尤家兴也是，他突然扑向祝英台，一把将她摁倒。

当尤家兴将她摁倒在床上时，肖晓红的内心是挣扎的：拒绝还是接受？其实也算不上挣扎，只是一个念头闪动而已，她很快就放弃了拒绝的念头。当尤家兴的手伸进她身体时，因为练功服裹得太紧，尤家兴的手显得毫无头绪。她想坐起来，将戏服和练功服脱了，尤家兴急忙按住她说：

“不不不。”

尤家兴让她一动不动地躺着，替她重新插好头上被撞歪的凤钗，理正被压皱的霞帔。肖晓红想脱去彩鞋，也被他制止了。尤家兴喃喃而坚定地说：

“就这样，对，就这样。”

他将戏服整理得纹丝不乱，然后，钻进去，进入她的身体。

肖晓红没做任何抵抗。事情的发展完全出乎她的想象。这么长时间来，她一个人排兵布阵，一个人抵御千军万马，一个人坚守孤城，最后，尤家兴却是以这种方式进入她的“城池”。她意外又茫然，仿佛还在舞台上，仿佛她依然是祝英台。可她知道，这一刻，她不是祝英台了，趴在她身上的人不是梁山伯，而是尤家兴。她不敢睁开眼睛，她想象还在舞台上，想象自己还是祝英台，想象进入她身体的人是梁山伯。没问题，想象是演员的基本功。她确实做到了，她就是祝英台，对方就是梁山伯。这就对了，这是情之所至，这是水到渠成，这是两情相悦，这是鱼水之欢。这么想后，她放松了。面对梁山伯，她不需要紧张，更不需要僵硬。她只需要放开，只需要温柔，只需要接受，只需要迎合。是的，她打开了自己，梁山伯长驱直入了，找到了归宿，成了城堡里的王，对她发号施令，又对她俯首称臣；对她残暴鞭挞，又对她奉若异珍；对她风狂雨骤，又对她春光明媚。

一切都是陌生的，却又是那么熟悉。一切都未曾经历，却已过万水千山。这是漫长的旅程，又是转瞬即逝的历程。这是一场惨烈悲壮的战争，又是一场把酒言欢的宴席，异峰突起，峰回路转，飞瀑万丈，溪水缓流。

开始了。结束了。那么粗暴，那么温柔。那么难堪，那么美妙。一切都不同了，一切似乎依旧。

整个过程结束后，肖晓红才从想象中清醒过来，才睁开眼睛。难受，太难受了。她的身体一动没动，似乎不会动了，失去了知觉。不是的，只是不会动而已，她的知觉比任何时候都灵敏，比任何时候都清晰。她依然穿着戏服，她觉得自己再也不会脱掉戏服了，不能，也不敢。她感觉到，戏服里面的身体已不属于自己，那是一具千疮百孔的躯体，是一具毫无美感可言的躯体。不完整了。不完美了。她感觉到被撕裂的疼，不是身体，而是精神。她感到恶心，想呕吐。可她的身体没有反应，只是精神上的恶心。她厌恶自己的身体，包括精神。想哭，却没有眼泪。她不能接受自己这时流出眼泪。

躺在右边的尤家兴已经睡着了，发出远在天边却近在咫尺的鼻息，沉着，均匀，心满意足，志得意满。肖晓红睡意全无，她错了，大错特错，她原以为可以借戏服和对戏中人物的想象转移感受，她想“移花接木”，想“狸猫换太子”。太想当然了，这种伤害是双倍的：一种是身体上的伤害，当祝英台离开她的身体时，她“回归”成了肖晓红，但她已经不是肖晓红了，与此前不同了，破损了，不洁了，一去不返，无法修复；最大的伤害还是精神上，她感到深深的羞辱，觉得自己一文不值，她被尤家兴“那个”了，尤家兴却认为“那个”的是舞台上的祝英台。必定是如此的，否则，尤家兴不会让她穿着旦角的戏服，不会将戏服整理得那么平整。最主要的是，尤家兴在“最后时刻”的喊叫，他“喊叫”了一个人的名字，不是肖晓红，不是剑湫，而是“英台”。多么大的羞辱啊，她不仅作践了自己的身体和灵魂，也无法面对舞台上的祝英台。她“出卖”了祝英台，“玷污”了祝英台，有何颜面再饰演祝英台？不配。

/ 7 /

剑湫惊奇地发现，仿佛一夜之间，肖晓红扮演的祝英台，与以前不同了。祝英台显得纠结，显得迷离，同时，又决绝，又孤注一掷。这就对了，这就是表演，这就是艺术，这就是剑湫心目中新版的祝英台。这是不一样的祝英台，一个既传统又现代的祝英台。剑湫疑惑的是，肖晓红是怎么做到的？她“开窍”了？这种“开窍”与她的婚姻有关？与尤家兴有关？那么，尤家兴到底用了什么“魔法”让她“开窍”的？

只有肖晓红知道，她为什么会有这种状态，那不是舞台上的祝英台，不是戏中的祝英台，而是现实中的自己。她在演绎自己。

没想到，人生会走到这一步。更没想到，和尤家兴会把这种方式维持下来。她无法接受，却欲罢不能。

第一次后，她觉得此生再也不会有第二次了。那种懊恼、耻辱和羞愧，几乎将她身体撕成碎片，可以听见每块肌肉被撕裂的咝咝声，那不是疼的声音，而是羞辱的声音，是咒骂的声音。可是，到了第二天晚上，尤家兴还没有将戏服递过来，她已经坐到化妆镜前。每一次结束后，那种被撕裂的咝咝声总是加倍地响起来，那种懊恼和羞辱感也在成倍增加。到了第三天，她发现，身体的渴望也在成倍增长。有几次，尤家兴故意迟点回家，而她居然迫不及待了，她骂自己：

“你是个贱货。”

她停不下来，身体不允许她停下来，她的身体在蠕动，每一块肌肉都在蠕动。没错，无论是身体还是精神都像在溃烂，无法制止。肖晓红也不想制止，她觉得自己处于癫狂状态，渴望被燃烧，渴望一次次化为灰烬。也只有成为一缕青烟时，她的身体和精神才能得到短暂的安宁，才能进入短暂的睡眠。

溃烂继续在恶化。一段时间后，尤家兴让肖晓红化装成生角。尤家兴做得小心翼翼而又理直气壮。肖晓红知道他要干什么，更知道他为什么这么做。肖晓红没有拒绝。她以为自己会拒绝，应该拒绝，必须拒绝。可她没有，反而没头没脑地兴奋，手足无措地激动，浑身在颤抖，几乎要哭出声来。

当尤家兴进入自己的身体时，她终于哭出声来了。她知道，那是宣泄的哭声，也是快乐的哭声。终于把身体放空了。

当一切结束后，那种隐藏在身体里的耻辱感涌上来了，像潮水一样涌上来，无边无际，无休无止，一下子将她吞没。这个时候，肖晓红想到了死，像梁山伯与祝英台一样，以死来结束，也以死来重生，但心里立即冒出一个声音：

“你能获得重生吗？你配吗？”

这当然是个问题。梁山伯和祝英台是为了爱情，为了自由，为了挣脱封建婚姻制度的枷锁，他们的死是“正义的”，是“有意义的”，是“崇高的”，是让人同情和惋惜的。而自己的死，只是为了挣脱耻辱，为了摆脱不堪的生活，没有任何“光彩”可言，怎么可能重生？怎么可能化蝶？自己会像臭虫一样死去，没有任何意义。

她没有问过尤家兴为什么愿意和自己结婚，她想，尤家兴必定有他的目的和理由，他不说，也不需要问。肖晓红倒是问过自己，老实说，她没想明白为什么，好像有无数个理由，好像所有理由都不成立。

她设想过和尤家兴婚后的各种可能性，唯独没想到，尤家兴会以这种方式和她相处。这种方式未必是尤家兴事先设计的，但肯定是他内心的某种反映，是他生理和心理的某种呈现。她能感觉到，尤家兴在羞辱她的同时，也羞辱了他自己。他不快乐，或者说，他的快乐是扭曲的，是变形的，像烟花刹那间的绚烂，然后就是死一样的黑暗和寂静。肖晓红能够感觉到，这种羞辱感在他心里不断加强，而他在现实生活中，却无法停下来，只能用更加强化的方式覆盖不断涌上来的羞辱感。他没退路了。

那么，自己还有退路吗？谢天谢地，剑湫给她排了新戏，她将舞台当成了退路，将所有屈辱感释放在舞台上，释放在祝英台身上。她已经不是以前的肖晓红了，也不是以前的祝英台了。这个祝英台是“非常态的”，是矛盾的，是混沌的，是纠结而决绝的，是半人半魔的。

这倒是符合了剑湫的口味，所以，肖晓红进入“状态”后，排练进行得很顺利，剑湫想到的地方，肖晓红都表达到位了，更主要的是，肖晓红的表演给了剑湫一连串意外。她势不可当了，不管不顾却又另辟蹊径，无法无天却又合情合理。她找到了一条独属于自己的通道，她拥有了独属于自己的表演方式，她的表演既大刀阔斧又精雕细刻，既完美又残缺。剑湫知道那是一个演员梦寐以求的境界，肖晓红涅槃了，脱胎换骨了，羽化成仙了，她达到了

“我就是戏，戏就是我”的境界。她抛弃了自己，也找到了自己。肖晓红感觉到剑湫的惊讶，以前在舞台上，都是剑湫带领她往前推进的，这次不一样了，很多时候，是她推动剑湫朝前走，是她主导着舞台。感觉很好，爽极了，她主宰了舞台。可是，她知道，舞台上每进一步，她的生活就往下深陷一层。她知道两者的关系，也知道最后的结局，可她无法阻止两者“各奔前程”，或者说，她想阻止，却无能为力。

不管了，燃烧吧。

《私奔》的正式演出是那年农历冬至晚上，日期是剑湫定的。老实说，剑湫不担心能来多少观众，她有一大批老戏迷捧场。但这次不同，她想要的不是老戏迷，而是年轻观众。剑湫还是扮演梁山伯，还是主角。然而，她清楚，这一次的主角不是她，不是梁山伯。在新编的剧本里，梁山伯的形象有很大改变，他依然被动，依然深情，依然书生意气，依然憨态可掬，但他的软弱里有了坚强，他的犹豫里有了坚定。他不再寻死觅活了，在祝英台的鼓励下，在爱情的召唤下，他不再逃避，不再寄希望于“死后也要成双对”；他不再哀叹，他选择与祝英台共同面对，共同奔赴不可知的未来。可以这么说，他和祝英台选择了爱情，为爱情而生，为爱情而活；为爱情，不惜与家庭决裂；为爱情，敢于跟整个社会对抗。梁山伯这种变化是了不起的，是石破天惊的。更主要的是，梁山伯这种变化体现了现代性，呼应了当下年轻人的价值观和世界观。这正是剑湫改编剧本的要旨所在，她要让年轻的观众有共鸣，要打动年轻观众的心，激励他们面对和追寻美好生活。她是这么改编的，也是这么演的。剑湫觉得自己做到了，她和梁山伯都做到了。

这次演出，也是一次试探，剑湫想看一看，到底能吸引多少年轻观众进剧场。剑湫有信心，只要年轻观众进入剧场，只要看完她和肖晓红的《私奔》，他们不会失望的。她会让他们喜欢上越剧的。

演出开始前，剑湫看见杜文灯和梅如烟来了，文化局领导来了，尤家兴来了，剧团编剧也来了。剑湫知道，他们是来捧场的，也是来评判的，评判《私奔》的成败，也评判剑湫这个团长的能力。剑湫还注意到，剧场所有座位都满了，遗憾的是，年轻的观众不多。剑湫想，这可能就是现实，是大环境，是戏曲目前的境遇。话又说回来，这可能正是她存在和当这个团长的价值，更是她改编、排练、演出新戏的意义。

音乐响起来了，剧场暗下去，舞台亮起来。

第一场是“思读”，是肖晓红的戏，是祝英台的戏，也可以说是肖晓红和祝英台的戏。肖晓红的表演很有层次感。刚上台时，祝英台的状态是收敛的，是正常的，其实已经不正常了，一个正常的妙龄女子，怎么可能想外出读书？这是不现实的，是痴心妄想，“想多了”。她居然郑重其事地请求爹爹，让她带着丫鬟银心去读书。只有“非正常”的人才会有这样的念头，才会有这样的行为。祝员外是正常的，他不同意，毅然决然地不同意。他不可能同意。

遭到拒绝的祝英台，开始“走极端”了，性格的另一面体现出来了，执拗了，钻牛角尖了，也就是说，她下定决心想做的事，谁也拦不住。向爹爹请求，是礼数，是程序，也是信号，同意不同意，不重要了，阻止不了。她要“离家出走”，非走不可。祝英台将自己的想法告诉银心，小丫鬟吓坏了，这一步跨出去，算是犯了天条了。但是，银心是理解小姐的，她知道小姐是个什么样的人，小姐下定的决心，想做的事，是不怕犯天条的。最主要的是，银心的心也飞出去了，她想去杭州逛西湖，长这么大，她的脚还没有迈出过祝家庄呢。祝英台当然知道跨出这一步意味着什么，那就是决裂，就是一刀两断，她不再是祝家庄的小姐了，她成了祝英台，独属于自己的祝英台，前途渺茫的祝英台，更是前途艰难的祝英台。但她不管，她要出去，要离开祝家庄，离开这个生她养她却令她窒息的地方。她要飞，要自由自在地飞。不管了，女扮男装，趁着夜色，偷偷逃离祝家庄。

剑湫站在后台，她一边看着肖晓红的表演，一边在想，如果让自己来演祝英台，会怎么演？剑湫想象不出来，可以这么说，她想象不出比肖晓红更清醒更癫狂的表演。肖晓红的表演很到位，她将祝英台的新和旧融合在一起，这个祝英台是饱满的，是新颖的，既是旧小姐，又是新女性；既保守，又开放；既让人提心吊胆，又让人充满希望。

当祝英台和丫鬟银心女扮男装逃出祝家庄时，剑湫发现，自己的心也跟随她们出发了。她开始为祝英台未来的命运担忧了。

演出很成功，也可以说争议很大。这正是剑湫想要的，她要的就是这个效果。赞美和批评都没有超出她的预想，还是传统和创新之争，还是悲剧与喜剧之辩。她看到杜文灯和梅如烟鼓掌了，文化局领导鼓掌了，剧团编剧也鼓掌了。尤家兴没有鼓掌，他显得失魂落魄，显得无所适从。剑湫带领演员出去谢幕时，发现尤家兴的座位空了。

剑湫觉得肖晓红的表演超过了自己，也超过自己对她的期待和想象。这是肖晓红第一次在表演上超过自己，她为肖晓红高兴，同时又心有不甘。她失落了。她不能接受有人在表演上超过自己，哪怕只有一次也不行。她的心情是复杂的。

从剑湫的角度看，肖晓红好就好在全力以赴，好就好在浑然不顾，好就好在如痴如醉，好就好在如癫如狂，豁出去了。同时，肖晓红扮演的祝英台又是冷静的，坚定的。虽然也犹豫，也彷徨，可她最终是决绝的，是义无反顾的。特别是“私奔”那一场，是重中之重，是改编后的“灵魂”。那是专门为肖晓红改编的，无论是唱词还是唱腔，特别是她最拿手的低音部，她在低回盘旋中坚决推进，从容不迫，同时，不容置疑。她的声音浓烈中蕴藏着幽香，沁人心脾，让人陶醉，更让人心碎。那场几乎是祝英台的独角戏，梁山伯只是最后才出场。肖晓红在舞台上，剑湫在候台，她的眼睛一刻也没有离开肖晓红，不，不只是肖晓红，也是祝英台，她们合二为一了。剑湫看着她从祝家庄一路飞奔而来，向约定的胡桥镇桥头奔来。她是那么孤单，好似世间只剩下她一个人。她的孤单还在于，离开了祝家庄，便是众叛亲离，人间再无容身之地了。但是，她毫无退缩之意，奔走得那么坚决，好像与山川万物融化在一起了。是的，包括她的演唱，悲伤而又喜悦，忐忑而又坚定，既有不舍却又决绝。她的低音发挥得极其出色，缠绵悱恻，意味深长，山深海阔，鸟语花香。她是那么投入，那么专注，那么行色匆匆，那么独自彷徨。剑湫心疼，她不能让肖晓红独自承受那么大的孤单，不能让祝英台一个人背负那么重的负担。这个时候，必须和祝英台站在一起，承担这份两个人的“约定”。但她不能，这是肖晓红的戏，是祝英台的戏，必须由她一个人承担，必须由她一个人面对。剑湫的心疼正在这里，她眼睁睁看着肖晓红在尘世上奔走和挣扎，明知祝英台需要她，她也确有此心，可是，不行，这时的舞台属于肖晓红，属于祝英台，她必须一个人承担下来，必须一个人面对整个世界。

这哪里是喜剧？还有比此刻更悲壮的祝英台吗？还有比此刻更悲伤的梁山伯吗？不会有的。剑湫没有注意和观察舞台下观众的反应，她哪里有时间？哪里有心情？她的心被舞台上的祝英台紧紧牵引着，她的魂魄都在舞台上，舞台就是整个世界。世界充满了哀伤，可是，又充满希望。她在等待祝英台的到来。她相信，祝英台此刻也是同样心情，无论有多么悲痛和哀伤，她必定是满怀希望的，对前方抱有坚定的信念，也对即将到来的人生无比自信。这个信心显得那么一意孤行。

剑湫站在幕后，此刻的她，早已泪流满面。同时，她又满怀期待，看着肖晓红向自己奔来，看着祝英台向自己奔来。她早早张开双臂，敞开怀抱，她在等待，既在等待即将的到来，也在准备，随时准备冲向共同的未来。锣鼓声终于响起来，该上台了，她像一头蓄势待发的狮子，沉稳而又疾速地冲上去，一把将长途奔波的祝英台抱在怀里，紧紧地抱在怀里，融化进身体里。

/ 8 /

肖晓红当然知道自己演得好，她塑造了一个新的祝英台，一个神魂颠倒的祝英台，一个不顾一切的祝英台。她让这个祝英台在舞台上立起来了，也在观众心目中立起来了。肖晓红知道，老版的祝英台也是一个勇于追求知识与自由的女性，是个敢于表达自我的女性。但是，她的勇敢是欲说还休的，是遮遮掩掩的，是迂回的，是踌躇的。她对梁山伯的爱不敢用行动表达出来，对祝员外安排的婚姻不敢正面反抗，即便是最后的“化蝶”，也是以“死”的代价换来的。老版的祝英台依然没有跳出当时社会设置的框架，她的悲剧是注定的。说到底，祝英台是软弱的，她只能选择“死”作为抗争。“死”当然也是一种勇敢，可是，何尝不是一种懦弱？新版的祝英台是个全新人物，“新”在哪里？“新”在思维，“新”在行为，她不会用“死”作为抗争，她要的是爱，要用实际行动去爱。不需要死，也不能死，活下去的爱才有现实意义。肖晓红觉得，新版的祝英台因此有了“划时代”意义，她的表演也具有“划时代”意义。她对自己的表演很满意，无懈可击，不敢说后无来者，至少前无古人。

这些都不重要，肖晓红更在意的是，她终于摆脱了剑湫，找到了自己，成了真正的祝英台，一个一骑绝尘的祝英台，一个勇往直前的祝英台。她飞翔起来了，包括身体，包括精神。

问题也正在这里，她发现自己停不下来了。她是祝英台，是一个飞翔的祝英台，她不想停下来，也不可能停下来，身不由己，无能为力。肖晓红消失了，只剩下祝英台，一个舞台上的祝英台，一个无休无止的祝英台。世界变成了她的舞台，她的舞台就是整个世界。这个世界只有一个主角，便是祝英台，演唱的只有一个剧目，就是《私奔》。她一遍遍地演绎，一遍一遍地“捋”，一句一句地“捋”，一个词一个词地“捋”，一个音一个音地“捋”，从第一场“思读”到第十场“私奔”，一遍又一遍地唱，从剧团唱到家，又从家唱到剧团。睁着眼睛唱，吃东西用鼻子哼，睡梦中都在演。她停不下来了，也不想停下来。

剧团的人都说，肖晓红走火入魔了。

尤家兴对此另有见解，这是一种修炼，是成为一个优秀演员的必经之路，当然也是危险之路。这是一种状态，通过了，便会上升到另一层境界，犹如有了神灵附体，成为剑湫那样的演员。如果没通过，就会停留在“通道”里，成了“戏疯子”。不过，尤家兴没有担心，恰恰相反，他很喜欢肖晓红现在的“状态”，着了迷地喜欢。他喜欢看着肖晓红一遍遍地演唱，喜欢看着肖晓红旁若无人地表演，特别是她演唱“私奔”那一场，完全看不出肖晓红原来的样子了，那是祝英台，又不是尤家兴认知里的祝英台。尤家兴喜欢这个时候的肖晓红，比任何时候都喜欢，他喜欢看肖晓红表演的每一个动作，喜欢听她的每一句唱词。他陶醉地欣赏肖晓红，在肖晓红的表演中，他的身体一点点“粉碎”，变成一颗颗尘埃，飘散在空气之中。他忘记了身体的存在，整个人在飞升，在蒸腾，化成虚无，无影无踪，无处不在。

尤家兴知道自己的“状态”有问题，肖晓红的“状态”也有问题。他应该带肖晓红去医院“看一看”，该吃药，该打针，甚至住院，他应该这么做。但尤家兴不想这么做。他知道肖晓红的“问题”在哪里，肖晓红的“问题”是只想唱，不停地唱。如果想解决肖晓红的“问题”，不能阻止她唱。如果不让她唱，她的“问题”会更大，她必须唱，不停地唱，将身体里翻滚的念头唱出来，只有唱出来，翻滚的身体才有可能平息，“问题”才有可能得到解决。反过来看自己，何尝不是如此，他必须看着肖晓红的表演，必须听着肖晓红的演唱，只有沉浸在肖晓红的演绎中，才能消解身体里的“问题”，才能获得平衡，才能回归平静。这是他的病，可他不承认这是病，这是他的“生活方式”，是他的精神追求。

他从来没说过为什么娶肖晓红，肖晓红也没问。肖晓红不需要问，他也不需要说。对于他和肖晓红来说，此事心知肚明，心照不宣。对于他来说，娶剑湫还是娶肖晓红是有区别的，也是没有区别的。当然，剑湫和肖晓红是不同的，剑湫的“气场”比他大，他“驾驭”不了。正因为“驾驭”不了，他对剑湫的想象更旺盛，对剑湫的渴望更猛烈。或者，换句话说，在他心里，对剑湫更“珍惜”，更“宝贝”，他会“让”着剑湫，不敢“放肆”。相对来说，肖晓红没有对他构成任何“震慑”，这是没有任何道理可言的，是无法解释的。对于肖晓红，他可以肆无忌惮，可以为所欲为，他在思想上没有任何负担，在行为上不用任何收敛，娶肖晓红对于他来说，犹如囊中取物。事实也确实如此，在肖晓红身上，尤家兴“势如破竹”，攻城略地，迎刃而解。

遗憾了，失落了，没有难度就没有想象，也就缺少了刺激和兴奋。但尤家兴也不是“无视”肖晓红，不是的，这一点，肖晓红是能够“体会”的，也是心领神会的。他们有自己的沟通方式，有自己的交流密道，或者说，他们是用特殊的形式各取所需，也用这种方式互相取暖。他们是自愿的，是默契的，是心意相通的。这也是尤家兴没有送她去医院的原因，他知道肖晓红不需要。尤家兴知道她需要的是什么，在这个时候，尤家兴是无能为力的。那是肖晓红的事，或者说，是她和剑湫的事，只能由她独自面对。

尤家兴将肖晓红带到陈列室，让她在陈列室的戏台上唱《梁山伯与祝英台》，唱《私奔》。尤家兴特意将戏台作了布置——多了一座布景坟茔，那是一座有三个墓碑的馒头型坟茔，左边墓碑上写着“祝英台肖晓红之墓”，右边墓碑上写着“梁山伯剑湫之墓”，中间墓碑上写的是“梁山伯祝英台尤家兴之墓”。

这是尤家兴的“即兴之作”，也是神来之笔，他是在观看了剑湫和肖晓红的《私奔》后设置的。尤家兴能不能接受改编？当然能，只要是剑湫和肖晓红演的，怎么改都能接受。对于肖晓红和剑湫这样的演员，她们无论做出什么事，尤家兴都能接受：她们有资格。一个好演员，是可以在虚拟和现实之间自由穿梭的，是可以为所欲为的。她们有自己的行为逻辑。但他有点“失落”，有点“抑郁”，不能让“哭坟”就这么“没了”，他觉得自己需要做点什么。在戏曲方面，他不能也不敢对剑湫和肖晓红“指手画脚”，没资格。但陈列室是他的“私人领域”，在这里，他想怎么胡来都行。

肖晓红的“非正常表现”，剑湫看得一清二楚，肖晓红这种状态，她有过。剑湫的办法是将自己分化成两个人，一个生，一个旦，不断对戏，将每一个动作和每一句唱词拆开，重组，不断演绎。不同的是，剑湫只在脑子里演，她的身体没动，嘴巴也没动，一个人一动不动地坐着，脸上没有任何表情。

她属于“文疯”。这可能跟剑湫的性格有关，跟她平时的言行有关，她是个“自我”的人，一直“不正常”。肖晓红属于“武疯”。她一直“正常”，一直循规蹈矩。反差出来了，剧团的人不能接受了。剑湫知道肖晓红站在“悬崖边上”了。剑湫并不着急，这个时候的肖晓红也是最安全的，她“活”在自我世界里，没人伤害得了她。应该让她在这个状态中盘旋，盘旋得越久，对表演的认识便越高，对表演的领会也越深。这事急不来的。

三个月后的一个下午，剑湫突然造访陈列室，尤家兴惊慌失措了，他陪剑湫站在戏台下，一句话也说不出来。戏台上，肖晓红穿着便装，旁若无人地“演出”。剑湫在台下看了一会儿，什么话也没说，转身出去了。尤家兴默默跟到陈列室门口，剑湫也不看他一眼，用命令的口吻说：

“别跟着，我去去就来。”

剑湫果然很快就“来”了，她带来了梁山伯与祝英台的戏服，也带来了化妆道具和《梁山伯与祝英台》的伴奏带。尤家兴这时已经猜出剑湫想干什么了，这个猜想让他激动，让他手足无措。

尤家兴能感觉到，剑湫是善意的，是来帮助肖晓红“出戏”的，虽然他不知道剑湫会用什么手段。尤家兴知道，“入戏”是可以带的，就在这里，就在陈列室，就在这个戏台上，他被剑湫“带”过，差点“走火”了。也是在这里，他也被肖晓红“带”过，肖晓红将他“带”偏了，到了另一个轨道，他顺水推舟上去了。但是，“出戏”能“带”吗？他不知道。他喜欢“不知道”。他相信剑湫和肖晓红，不，是迷信，愿意被她们“带”去任何地方。他愿意。

剑湫将肖晓红带到后台，尤家兴也跟到后台，他担心剑湫不让跟，剑湫没有制止，也不看他。出乎尤家兴意料的是，剑湫将肖晓红化装成了小生——梁山伯，她化装成了花旦——祝英台。明白这一点后，尤家兴不只是激动了，是跃跃欲试，手心开始冒汗，头皮开始发烫，身体开始肿胀，迅速变大，大得无边无际，大得看不见自己。再看剑湫和肖晓红时，她们显得很不真实，很遥远，很虚幻。最主要的是，他已经分不清谁是剑湫谁是肖晓红了。

伴奏音乐响起来，梁山伯与祝英台站在戏台上。尤家兴站在戏台下，又不像站在戏台下，似乎他也站在台上，他既是梁山伯，也是祝英台。她们演的是获奖的《化蝶》。还是从“思读”开始，从英台女扮男装离开祝家庄开始。第二场是“草桥结拜”，梁山伯首次亮相。完全不一样了，这是肖晓红扮演的梁山伯，跟她以前扮演的祝英台不一样，跟剑湫扮演的梁山伯也不一样。肖晓红以前扮演的祝英台是清晰的，是简单明了的，是我见犹怜的。她扮演的梁山伯，清晰和简单明了依然在，但又不只是清晰和简单明了。她扮演的梁山伯，没有剑湫洒脱，也没有剑湫嘹亮，可肖晓红扮演的梁山伯是风流倜傥的，是温文尔雅的，既刚强又脆弱，让人欢喜又叫人惋惜，是叫人可叹又叫人可怜的。“山伯临终”那一场，还是那三句唱词，肖晓红唱得跟剑湫完全不同，剑湫演唱得那么潇洒，潇洒中裹挟着巨大悲伤，风狂浪巨，催人泪下，让人不能自持。这是剑湫的魅力，也是她的艺术感染力。没有人看到这里不掉泪的，特别是剑湫唱第三遍时，天地间已是一片皑皑白雪，肝肠寸断。肖晓红不同，她演绎的梁山伯也是悲伤的，她的悲伤是内敛的，即使死也是温文尔雅的，是得体的，是体面的。这是书生的骨气，也是书生的无能。此时，梁山伯的死是弱者之死，是代表天下爱情之死，也是你我之死。这种死如此之近，又如此遥远，如此切肤，又如此麻木。这种悲伤是哭不出来的，是欲哭无泪。这是肖晓红和剑湫最大的不同，她们走向了两极，也表现出各自的天赋和个性，当肖晓红的梁山伯唱最后一遍：

爹娘啊，儿与她，

生前不能夫妻配，

死后也要成双对。

唱完之后，戏台上寂静无声，戏台下的尤家兴呆若木鸡。难受，说不出的难受。他愿意替梁山伯去死，仿佛死去的正是自己。他悲从中来，可又无处发泄。忧郁了，惆怅了，身体和灵魂原地不动却又四处飘荡。

到了最后一场“哭坟”，这是祝英台的戏，也是剑湫的戏。剑湫还没有出场，一声“梁——兄——啊——”就将陈列室撕裂成了两半，她演唱得缠绵悱恻又急转直下。这是剑湫的风格，却又不是剑湫的风格。没人见过剑湫演花旦，更没人见过她演祝英台，这是剑湫的祝英台，是狂风暴雨的，是柔情似水的，是一往情深的，是一言九鼎的，更是视死如归的。她演唱的节奏很缓慢，却又如此急速，她是那么悲伤，却又有抑制不住的欢乐，当唱到最后一句：

梁兄啊！不能同生求同死……

电闪雷鸣了，狂风骤起了，天崩地裂了，光线似有似无，戏台影影绰绰，戏台与现实的世界模糊了，浑然一体了。

尤家兴想哭又想笑，哭不出来，也笑不出来。他觉得身体在猛烈生长，超过戏台，超过陈列室，升到空中。又觉得身体在缩小，小成一颗微尘，飘飘荡荡，酥软无力，随时会化为无形。他觉得自己是梁山伯，同时也是祝英台。似乎都不是，是个说不清道不明的结合体。

一声巨雷炸响，将戏台上的坟茔劈成两半，祝英台大喊一声“梁兄”，水袖甩到两肩，纵身扑向坟茔。与此同时，正在后台的梁山伯冲出来了。出来了，或者说“进去了”，确实是剑湫“带”的，合情合理，身不由己。站在台下的尤家兴灵魂出窍了，想喊，喊不出来，想动，动弹不得，但他能够感觉到，另一个尤家兴已经跃上戏台了。

舞台一场戏便是人间一轮回

——《化蝶》创作谈

1

剧团是个单位，又不只是个单位。讲得玄乎一点，它是一个特殊组织，是有形的，又是无形的。这跟剧团的性质有关，跟剧团的职业特点有关。具体地讲，是跟剧团的舞台有关，更具体地讲，是跟剧团的演员有关。

演员是个职业，也是一种身份。这种职业和身份是有特殊性的，是真实的，也是虚幻的。他们既是生活中的人，又是舞台上的人，是真实和虚拟的两个角色，有时，却又是一个角色，是容易混淆的。一个好的演员，必定是有两个世界的，甚至有更多世界。或者说，对于一个优秀演员来讲，两个或者更多的世界是相通的，是浑然一体的。复杂从这里产生了，单纯也从这里产生，当然，微妙也从这里产生。真实和虚幻的界限打破了，对世界的认识得到升华，扩大了空间和时间。艺术就是这么产生的。

对于剑湫和肖晓红这样的演员来讲，生活和艺术的分界线是模糊的。对于舞台上的表演来讲，对于艺术来讲，这当然是好事，说明演员进入了一个特殊空间。不是所有演员都能进入那个空间的，那是一种修为，是一种境界。可是，生活与舞台是不同的，生活是一张巨大而密集的网，是具体的，是锱铢必较的，是脚踏实地的，是无法回避的。而舞台是在生活的基础上升华而成的，是虚拟的，是任性的，是形而上的。

2

杜文灯老师是个无事不登三宝殿的人，这一点，全剧团的人都知道。当然，杜文灯的不同之处在于，她是委婉的，是迂回的，是艺术的，甚至是以关怀和体贴的方式来表达的。这与她平时冷漠的态度是相反的，由此可以看出，她的行为是刻意的，带有明显的舞台表演痕迹。剑湫不想成为杜文灯那样的人，她也不会。是杜文灯手把手教会她如何演戏，这一点，剑湫是铭记于心的，也会感激一生。这种感激她会保存在内心，不会表现出来。但也可以这么说，一开始，她就将杜文灯当作竞争对手，甚至是敌人，她知道，杜文灯老师内心也是如此。她们较上劲了，是暗暗的较劲，全力以赴，却又极力克制。对于剑湫来说，这是压抑的，几乎无法呼吸。她只有在舞台上才能脱离杜文灯，才能成为自己，也只有在舞台上，她才觉得自己是自由的，是无拘无束的。只有这个时候，她才能无视杜文灯的存在，活在自己的的世界中。所以，她才那么喜欢舞台，那么喜欢演戏。她知道，舞台之上，杜文灯奈何不了自己。

3

在舞台上，剑湫是会关注台下观众的，但她不会关注到具体哪一个观众，她能感受到舞台下观众的情绪，能感受到他们的感情起伏。作为一个演员，剑湫的特别之处在于，她会引导和推动观众的情绪和感情，带领他们翻山越岭，跨越一座座山川与湖泊，到达一个他们从未抵达和领略的仙境。这是她的神奇之处，也是她作为一个演员的巨大魅力。反过来，观众的情绪和感情也会影响她。这也是所有演员共同的问题，即使像剑湫这样的演员，也无法完全做到不受外界影响。但剑湫就是剑湫，她有能力转移观众的注意力，而且，她这么做不是有意为之的。对于剑湫来说，特别是对于站在舞台上的她来说，她眼里并没有观众，她并没有带领和引导观众的念头，她所做的，只是将自己“化”进表演的人物里，此时，她和戏中人物是一体的，无论是身体还是灵魂。只有剑湫知道，在舞台上，在戏中，她是能够感受到灵魂的，她的灵魂既是有形的，又是无形的。她能感受到灵魂出窍的形状，那是一段长条形的透明体，从身体脱离出来，在舞台上奔跑，速度越来越快，长条形消失了，变成了气体，将整个舞台笼罩住。气体依然在不断扩大，不断膨胀，最后将所有观众包裹进来。直到演出结束。对剑湫来说，站在舞台上，便进入了另一个世界，那是独属于她的世界，那个世界的山川河流是她的，花草鸟虫也是她的。她为那个世界笑，也为那个世界哭。她是那个世界的奴隶，也是那个世界的王。她是为那个世界而生的，也可以为那个世界而死。有时候，她觉得是那个世界生出了自己，有时候，又觉得是自己生出了那个世界。她的身体和灵魂都属于那个世界，她的眼里只有那个世界。

4

尤家兴的不同之处在于，他身上有股特殊的气息。他身上有生意人的气息，是开放的，是包容的，是冷静的，可也是飘忽不定的。剑湫喜欢他的飘忽不定，那就是“动”，不可捉摸，很抓人。不过，吸引剑湫的，并不是尤家兴身上的生意人气息，而是他的眼神，尤家兴的眼神不像生意人的眼神。这话有点不通了，生意人是什么眼神？没有哪条法律规定生意人应该是什么眼神。但在剑湫这里是行得通的。剑湫也没有规定生意人应该是什么眼神，她是演员，她依靠的是理解、领悟和想象，更主要的是，她依靠的是表达和表演。这就对了，在剑湫的理解里，生意人的眼神是警惕的，是候时而动的，是敏捷的，是跃跃欲试的。当然，也有淡然和淡定的生意人，那是另一个境界了。无论哪个行当，达到一定高度后，都是有境界的，只要达到一定境界，各个行当是相通的，至少在理解和认知上是相通的。那么，尤家兴是什么眼神？为什么能吸引剑湫？在剑湫看来，尤家兴的眼神是恍惚的，是迷离的，甚至是迷茫的。这不应该是生意人的眼神，这应该是艺术家的眼神。尤家兴的眼神是散淡的，是犹豫的，却又是执着和狂热的。剑湫能够感觉到，尤家兴看自己的眼神是游离不定的，是纠结的，有时冷若冰霜，有时狂热似火。冷的时候，尤家兴远在天边，如在另一个星球。热的时候，尤家兴像是一团巨大的火球，随时要将她融化吞没。

5

剑湫一开始想不明白，尤家兴感情的反差为什么会这么大，他为什么会在热和冷之间不停地跳跃和徘徊。她后来摸到规律了，当她在舞台上时，尤家兴是热的，当她走下舞台时，还没有卸装，尤家兴也是热的，也就是说，只要与戏有关的，尤家兴就是热的，是恍惚的，甚至是痴迷的。这种状态中的尤家兴，是癫狂的，他的眼睛是红色的，是熊熊燃烧的两团火，两团火越烧越浓烈，最终，尤家兴整个人也成了一团火，一团随时想将她吞噬的火焰。老实说，这个时候，剑湫没有害怕，相反地，她几乎有一种期待，有一种憧憬。她知道，那团火是因她而起的，是因她的表演而起的，对于一个演员来说，这是肯定，这是褒奖。她知道那团火是可怕的，会吞噬自己，会对自己造成伤害。她不想，却又被深深吸引。她最终还是喜欢，着迷地喜欢，差不多是奋不顾身了。当剑湫走下舞台，成为生活中的一个人时，情况不一样了，尤家兴变冷了，若即若离了，无可无不可了。实事求是地说，对于尤家兴这种变化，剑湫是不能接受的，按照她的性格，她不可能再保持与尤家兴的来往，她是一个做事决绝的人，一刀两断，绝不拖水带泥。但是，剑湫没有，她没有和尤家兴一刀两断。舍不得，不想断，她需要变成一团火的时候的尤家兴，她需要那团火的照耀，对那团火充满了莫名其妙的期待，即使粉身碎骨也在所不惜。剑湫喜欢那种状态，她为那种状态着迷。

6

实事求是地讲，同样作为演员，杜文灯内心是嫉妒的，杜文灯嫉妒剑湫在舞台上那种无所不能的姿态，嫉妒剑湫那种不可一世的气势，更嫉妒她雌雄同体的气质，剑湫是真正做到人戏合一的演员，是一个浑身散发着魔性的演员，这样的演员，是学不来的。她是上天派来的。杜文灯当然也荣幸自己成了剑湫的老师，这是上天对她的眷顾，是可遇不可求的。可是，杜文灯觉得剑湫对她的伤害更深。这种伤害源自打击，她与剑湫的距离越近，打击的力度越大，伤害更加刻骨。剑湫几乎摧毁了她作为一个演员的自信心，要知道，在剑湫之前，她是信河街剧团的台柱子，是引人注目的名角。可是，在剑湫的光芒面前，她变得黯淡无光，被忽略了，被以前追捧她的观众无情地抛弃了。还有什么比这种伤害更加让人不能接受？是的，即使剑湫是自己的徒弟，也不能消除这种嫉妒。情况可能恰恰相反，正因为剑湫是自己的徒弟，这种嫉妒来得更加隐蔽，更加触痛她内心。

7

对于当团长，肖晓红原来是没想法的，如果必须选择，她选择当艺术总监。在剧团这样艺术团体，最终是靠本领吃饭的，最后受人尊敬的，是艺术上有成就的人和有观众缘的人。团长是行政领导，当然也有艺术要求，但艺术不是第一位的。而艺术总监，必须“德艺双馨”。这才是肖晓红的方向，才是她想要的。但是，把她和剑湫放在一起“二选一”时，情况不一样了，“不一样”的地方在于：这不是她一个人的事了。是她和剑湫两个人的事。是谁上谁下的事。如果组织上一开始就将团长定给剑湫，她没意见。一点意见也没有。只要剑湫需要，她会尽全力支持，心甘情愿，没有怨言。但是，将她们放在一起，她“有想法”了，谁愿意轻易“下来”？不是“面子”问题，不是了，而是“尊严”问题，也是能力问题。这就严重了。对于肖晓红来说，她是看重尊严和能力的，她知道，在表演方面，自己比不过剑湫。这点她是承认的。剑湫确实比自己更有天赋，或者，换一句话说，剑湫在艺术方面，比自己入戏更深，走得更远，更“疯魔”。私底下，肖晓红却不完全是这么想的，她一方面承认剑湫的表演，甚至佩服，但她没有忘记，自己是一个演员，而且是个优秀的演员，她是小旦，是著名的小旦，是信河街剧团的名角。她有时会想：演小生，自己演不过剑湫。可是，你让剑湫演小旦试试？让她演祝英台试试？未必演得过自己。肖晓红甚至可以肯定，剑湫演不过自己。从这方面来说，两个人是各有所长的。在艺术这个领域，高与低是相对模糊的，各个领域之间是没有可比性的。

8

俗话说，一山不容二虎。没有人愿意当老二，也没有人愿意与人同享并列第一。对于一个优秀的演员来说，这种心态是正常的，如果没有“争强斗胜”之心，没有“舍我其谁”的豪气，也会缺少在艺术上“奋勇上进”的动力，更不会有站在舞台上的自信。能够成为一个好演员，动力和自信是非常重要的，动力是外力，是推力。人有时需要外力来推动。而自信是内在驱动力，是发动机，是加油站，只有自信了，才能找到自己的表演风格，才能强化自己的表演风格，成为一代名角。所以，从另一个角度说，在一个单位，或者在一个领域，有一个竞争者是好事，是催人上进的动力。这是一件很正常的事。特别是一些艺术团体，特别是在剧团这样的单位，差不多是一种普遍现象，见怪不怪了。杜文灯和梅如烟就属于这种情况，她们旗鼓相当，艺术修养不相上下，舞台表演各有特点，是真正的棋逢对手。这种关系是最微妙的，既是搭档，又是对手，既是朋友，又是敌人。最关键的是，谁也离不开谁，只有她们搭戏，才能兴奋起来，才会进入“似真如梦”的境界，才会“超水平发挥”。用现在的话说，她们是在“飙戏”，是两个人互相较劲，谁也不服输，谁都想表演得更“讨彩”。而观众也喜欢看她们在舞台上“较劲”，看她们在舞台上“此起彼伏”。她们也感受到了鼓舞，在台下不断地“暗下功夫”，不断地“改进”，对下一次上台充满了期待。她们能够感受到，每一次表演，都是一次提升。对表演又有新的认识了。她们既是竞争对手，也是合作伙伴，既提防着对方，也在心里感激着对方。

9

杜文灯和梅如烟从当年的台柱子成了团长和艺术总监，成了剑湫和肖晓红的老师。她们将一身技艺传授给徒弟，也将舞台“让”给了她们。不对，不是“让”，“让”是主动的，对于梅如烟来讲，她是被动的。她心有不甘，却又无可奈何。她的心情是复杂的。她对徒弟是倾囊相授的。她的老师就是这么做的。可是，她又不想倾囊相授，她还想站在舞台上，她留恋舞台，留恋站在舞台上的感觉。她是为舞台而生的，失去了舞台，人生的目标何在？活着的意义何在？可是，“让”与“不让”，她做不了主，这是规律，她和杜文灯不可能一直站在舞台上，不可能一直演《梁山伯与祝英台》。舞台是恒定的，演员却是流动的。这道理她懂。然而，懂并不代表“看得开”，并不代表“心甘情愿”。归根到底，她不想“让”出舞台。一旦离开舞台，就再也回不去了。

哲贵

2022年2月6日于杭州

后记

理解与和解

甲

《化蝶》之前，我写过《仙境》。都跟越剧有关。都跟杭州有关。

《仙境》来自《白蛇传》，《化蝶》发芽于《梁山伯与祝英台》。越剧是她们的DNA，越剧演员是她们的精子和卵子，舞台是她们的子宫。可以这么说，《白蛇传》和《梁山伯与祝英台》，是这两部小说的内在驱动力。

写《化蝶》是个意外。从某种意义上讲，一切艺术都是意外产物。

小说跟人一样，也是有命运的。写完《仙境》，我以为再也不会触碰类似题材了。作家的任务是下一篇。只有下一篇。而且，作家的死穴是重复，无论是题材、人物、结构还是叙述，重复就是死亡。这道理我懂。

但是，写作有时是无法规划的，有时是要缘分的。一位朋友看了《仙境》，给我发微信，说老家有一个越剧名角，是个戏疯子，死后和她的搭档葬在同一个墓穴。这个故事我以前听说过。很多事情，时间一久就忘了。她这么一说，我脑子里立即跳出那个戏疯子，同时，脑子里浮现出一个画面：一个越剧生角演员，穿着戏服，在一座墓前咿咿呀呀地唱《梁祝》的“化蝶”选段。唱得旁若无人，唱得地动山摇，唱得山高水长，唱得花开花落。墓碑上刻着她和另一个旦角演员的名字。至少有三个月，那个生角就在我脑子里咿咿呀呀地唱，没日没夜，没完没了。还让不让人睡觉了？这个场面后来成了《化蝶》的骨架。可以这么说，《化蝶》的结构，是由八个演出场面撑起来的。如果没有这个场面，小说“立”不起来。更重要的还是那个戏疯子，她后来成了《化蝶》的主角——剑湫。她是小说的灵魂，是小说的指挥棒。如果没有这个人物，十八个演出场面也撑不起这部小说。

乙

任何事情都不是一蹴而就的。写小说也是。我翻了下日记，《化蝶》的写作时间是2020年7月18日至2022年1月16日。

我想说的是，对于一部作品，写作者无论投入多少时间都是应该的，是本分。我用一年半时间写一部中篇，自认为已经“耗尽心血”，已经“苦心经营”，已经“对得起良心”了。可是，当稿子到了高人手里，立即被看出“破绽”——八个演出场面中，有两个场面有相似之处。这个时候，我是懊恼的，更是愧疚的。夸张一点说，连死的心都有了。应该再放一放啊，应该再改一改啊。完全可以改得更好的。可是，写作是有盲区的，有些问题只有借助外力才能“发现”。只有将作品“放”出去，去“经历”，去“面对”，去接受“审视”，才有可能以另一种方式生长，才有可能更加完美，甚至是起死回生。

这可能便是写作者的宿命。就拿《化蝶》来讲，剑湫和肖晓红是通过“死”的方式，获得艺术的重生，完成人生的“化蝶”。写作何尝不是如此？一部作品的完成，可以看作“生”，也可以看作“死”。其实，在文学里，“生”与“死”是相对的。写作就是相对论，从来都不是泾渭分明的。

丙

我特别迷恋舞台。这么说，好像我是一个演员。不是的，我没穿过一次戏服，没唱过一天戏，没登上过一次舞台。其实，我迷恋的不是舞台，而是舞台上的演员。我一直认为，舞台上的演员，是通灵的。已经不能用人来定义，升华了，或者说，变异了，成了人和神之间的中介，成了天庭和尘世之间的使者。通天彻地，亦人亦神。如果再往深里说，我迷恋的也不是演员，我迷恋的，是演员卸装的过程。那是一个从神回归到人的过程，那是一个从上而下的过程，由内而外，由虚转实，从一意孤行到瞻前顾后。每一个演员都要面对这个过程。说白了，我迷恋的，不是舞台，也不是演员，我感兴趣的，是演员从舞台下来，如何面对和处理现实生活中的种种问题，我更感兴趣的，是演员在处理现实生活时，舞台还在不在？他们又如何从坚硬的现实中拔身而出，变成舞台上的演员。

最难就在这里。无论是演员，还是从事其他艺术门类的创作者，都要面对这个问题，都要面对现实与虚拟两个维度。

《化蝶》中，两对演员一直穿梭在现实和虚拟两个空间，即使是商人尤家兴，除了现实，也有专设的舞台。他一直在现实和虚拟之间穿行。

其实，在《化蝶》的写作之中，我何尝不是如此？

我很迷恋那种状态。如痴如醉，似癫似狂。如歌如泣，似死又生。

丁

有人问我，为什么要写《化蝶》？

我当然可以说出十二条以上的理由。我在这里要说的是，那些理由都成立，也都不准确。我问过自己类似的问题，只改了一个字：为什么会写《化蝶》？

“要”与“会”，差别是巨大的。“要”是精神性的，“会”是身体性的。也就是说，“要”只是可能，只是向往，只是期待，只是心理活动。而“会”是生理的，是技能，是物质，是可控的实际行动。

《化蝶》写的是越剧，写越剧演员，写越剧演员对《梁山伯与祝英台》的理解和演绎，当然，也写越剧演员对现实的理解和面对。

这就要说到我出生的地方了。温州，也就是我小说里的信河街。我从懂事开始，就接触到越剧。我们叫他们“戏班”，在各个地方“流窜”演出，一个地方短则三天，长则数月。每次总有几个演员住在我们家，我特别喜欢那些脸上化着妆、身上却穿着便服的演员，白天的他们，有的喝酒，有的抽烟，有的吊嗓子，有的奶孩子。

我觉得，这是最神奇的时刻，在舞台上，他们离我太远，远到我根本够不着；卸完装后，他们又离我太近，近得跟我周围的人毫无区别。只有这时，他们近在咫尺，又远在天涯，我似乎可以摸得着他们，却又不能走进他们。他们让我感到亲切，却又让我感到神秘。

我还要说的是，温州是南戏的故乡，南戏是中国南方戏曲剧种的源头。一个从南戏故乡长大的人，写《化蝶》是本能，必须“会”，而不是“要”。

在很多时候，“会”是一种责任。

戊

最后说一个问题，信河街和《化蝶》的关系。

我几乎所有的小说，都发生在一个叫信河街的地方。信河街当然是虚拟的，是文学意义上的地名。是我的创造。信河街可以是一条街道，可以是一个社区，可以是一座县城，可以是一个市，如果目光放远一点，可以看作中国，甚至世界。从现实层面来说，信河街是真实存在的，它就在我的故乡温州，是温州一条著名的街。

信河街之所以“著名”，和改革开放有关，和经济发展有关。信河街是温州小商品经济的萌生地之一，我有很多做企业的朋友，最早就是从信河街起家。他们在信河街租一间店面，有的卖服装，有的卖化妆品，有的卖电器，有的卖通讯器材，甚至还有算命和代写文书的。等等等等。

所以，我很多小说里的主角，他们的身份大多是生意人。他们从信河街的一间店铺开始，演变成一家公司、一座工厂、一个集团、一张触觉伸向世界各地的蓝图。他们的身份也在不断变化，从一个小商贩到后来的商人、企业主、企业家。

我关注他们，首先是关注他们财富和身份的变化，这种变化是他们个人的，同时，也能够从他们身上看到“他人”，更能够从他们和“他人”身上照映出历史。我更关注的，当然是他们因财富和身份变化而带来精神上的裂变。我愿意也乐意用文学的形式，探讨和表现他们在这种变化过程中呈现出来的精神困境，以及他们作为一个人的抉择和舍弃、坚定和迷茫、自负与自卑、顺从与挣扎、欢乐和悲伤。

《化蝶》写的是越剧和越剧演员，但越剧和越剧演员不可能一直活在舞台上。没有人能够回避生活。所以，《化蝶》里才有了尤家兴，也必须有尤家兴。尤家兴是商人，是企业家，同时，也是“艺术家”。从某个角度说，尤家兴便是越剧和越剧演员舞台之下的现实。从另一个角度说，越剧和越剧演员也是尤家兴的现实，精神上的现实。

2022年12月10日改定于杭州

图书在版编目(CIP)数据

化蝶 / 哲贵著. —杭州：浙江文艺出版社，2023.7
ISBN 978-7-5339-7198-4

Ⅰ. ①化… Ⅱ. ①哲… Ⅲ. ①中篇小说—中国—当代 Ⅳ. ①I247.5

中国国家版本馆CIP数据核字(2023)第050133号

统筹策划 王晓乐
责任编辑 詹雯婷
内文绘图 黄佳淇
责任校对 陈 玲
责任印制 张丽敏
装帧设计 @Mlimt_Design
营销编辑 张恩惠
数字编辑 姜梦冉 诸婧琦

化蝶

哲贵 著

出版发行 浙江文艺出版社
地 址 杭州市体育场路347号
邮 编 310006
电 话 0571-85176953(总编办)
0571-85152727(市场部)
制 版 杭州天一图文制作有限公司
印 刷 浙江新华数码印务有限公司
开 本 787毫米×1092毫米 1/32
字 数 65千字
印 张 4.875
插 页 5
版 次 2023年7月第1版
印 次 2023年7月第1次印刷
书 号 ISBN 978-7-5339-7198-4
定 价 45.00元